ぐるぐる、と虎太郎の喉が鳴る。
それが愛おしいように、ハリムが虎太郎の背中を撫で、
そのまま、尻尾を撫で上げる。
すると、ますます虎太郎は腰を上げて震えた。

ラルーナ文庫

大富豪のペットは猛獣らしい。

ウナミサクラ

三交社

CONTENTS

Illustration

月之瀬まろ

大富豪のペットは猛獣らしい。

本作品はフィクションです。
実際の人物・団体・事件などにはいっさい関係ありません。

理由は、いくつかある。

一つめは、体育館の屋上は、梅雨時《つゆ》の雨でまだじっとりと濡《ぬ》れており、滑りやすくなっていた。当然だ。本来人が歩くべきでない屋上という場所で、「滑らない安心素材」を使う必要もないので。

二つめは、当事者が寝不足であった。常に夜は十時には寝る今時珍しいほどの健全青年である赤江虎太郎《あかえこたろう》は、昨夜いつものように愛機である携帯ゲーム機を起動させ、発売からとうに十年はたつ仔犬《こいぬ》育成ゲームを楽しんでいた。だが、いつものように仔犬を愛《め》でてから、充電をしようとしたところ、コードが見つからなかったのだ。充電が切れれば、仔犬の世話ができない。最悪、家出の可能性もある。それを考えるといてもたってもいられず、それから夜を徹して築三十五年、木造平屋3ＬＤＫの自宅を掃除しつつ捜索してしまったのだ。それでもコードは見つからず、絶望感のなか、彼はどうにか職場である学校に来たという状況だった。

三つめは、そもそもその屋上は老朽化していた。予算の都合である。公立大学の台所事情は、どこもそう潤沢なわけでもない。故に、雨漏りが発生し、つまりはそのために、赤江虎太郎は屋上に登っていたわけだ。その雨漏り部分を確認し、可能であれば自力でなんとかするために。

——とりあえず理由としてはそんなところだろうか。

結論からいえば、赤江虎太郎は、老朽化した屋上から足を滑らせて無残にも落下した。大学の体育館は、普通の建物でいえば三階ほどの高さだった。落ちれば即死とはいわないが、まぁ最悪その可能性もあるといえばある。

宙に放り出されて、一瞬。

虎太郎の視界で世界がくるりと回った。

次の瞬間、虎太郎は、雨でじっとりとぬかるんだ裏庭に、両手足をついていた。

ようするに、空中で華麗な一回転を決め、何事もなかったかのように着地したわけだ。

「…………」

黙ったまま、大きく、虎太郎は息をした。

その後、立ち上がり、泥だらけになった両手に顔をしかめ、小さく呟《つぶや》く。

「びっくりした」

だが、本人、そう言うわりに表情はほぼ変わっていない。

メガネがずれているものの、切れ長の涼しげな瞳《ひとみ》は相変わらずどこかぼんやりとした光を宿しており、低めの鼻には汗すら浮かべていない。せいぜいが、小さめで薄い唇が、ほんの少しあがった息に半開きになっているくらいだ。

しかし、表情云々《うんぬん》より、大きな変化は他にある。

泥がつかないように慎重にメガネをなおし、周囲をゆっくりと見回す。幸いこの裏庭は、周囲を建物の高い壁で囲まれ、講義中の今は窓越しに廊下を歩く人影もなかった。

「……見られては、いないな」

そう、彼が呟く理由は明白だった。

虎太郎の頭には、丸いフォルムを描く、どう見ても動物のものの耳が生えており……おまけに、シャツとパンツの間から、隠しきれないように逆毛の立った尻尾《しっぽ》がはみだしていたのだ。それは、今も不安げに揺れながら、虎太郎の驚きを代弁するようにぶわぶわに膨れ上がったままだった。

堅実に真面目《まじめ》に生きてきた、公立学校事務職員赤江虎太郎二十四歳独身、家族は高校三年生の弟一人、彼女ナシ、友達ナシ、趣味はバーチャルペット愛好と、動物番組の視聴。好きな言葉は『不言実行』な彼の、唯一で無二な秘密こそが、これだ。

――感情が高ぶると、虎《とら》の耳と尻尾が出る。

そして、身体能力も、虎に近いソレとなる。つまりそのために、屋上から落ちたところで怪我《けが》一つしないで済んだというわけだ。

だが、この体質を、虎太郎は感謝なぞしていない。

むしろ、呪《のろ》っているといってもいい。

人気のない裏庭で、地の底から湧《わ》き出したような、おもっくるしいため息を虎太郎は吐き出した。

こんなふうに、生まれたかったわけじゃない。

生まれてから何百回となく繰り返した言葉を、心の中でまた、呟きながら。

その姿を、遠くから見ていた人間がいるとは、思いもせずに。


「すみません、遅くなりました」

洗面所で手も洗い、すっかり身支度を調《ととの》えてから、虎太郎は職場である大学学生課に戻った。本館の一階にある学生課は、壁を大量の書類や本に占拠されているが、カウンターごしに大きく開いた窓からは、常に外の景色が見えており、雰囲気は悪くない。カウンターの内側にまわり、自分のデスクに向かう虎太郎に、一人の女性が声をかけた。

「赤江くん、大丈夫だった？」

「業者を呼んだほうがいいかと思います。それと、かなり滑ります」

「そうじゃなくて、あなたのほうの心配。まぁ、怪我してないようでよかった」

そう微笑《ほほえ》んだのは、上司である山里《やまざと》だ。四十過ぎの、なかなか恰幅《かっぷく》のいい女性で、なんともいえず『かあちゃん』と呼びたくなるような人物である。好きな言葉は『熟慮断行』というタイプ。

「でも、そう。業者さんを頼まないと駄目ね」

「はい。ただ……」

「予算的に、ねぇ」

頭に手をやり、山里は首を振った。虎太郎も無表情のまま頷《うなず》く。

「大丈夫じゃないっすかー？　ほら、例の王子様。けっこう寄付金くれるって噂《うわさ》じゃないっすか」

そこへ、脳天気にわりこんできたのは、同じ職員である竹山《たけやま》だ。こちらは虎太郎の三年先輩にあたる。虎太郎とは正反対の、感情表現が大変豊かな青年で、見た目もなかなかのハンサムではある。ちなみに好きな言葉は、『女子高生』。

「あまりそういうのを当てにするのもね」

「そういえば、さっき校長室に行ったみたいっすよ。やー、生王子様って、どんな感じなんだか。やっぱ、アラブの金持ちって、脂ぎったオヤジっぽいイメージっすけどね」

「そう？」

「だって、四人も嫁さん持てるんですよ？　んなもん、スケベ親父《おやじ》に決まってるでしょ」

偏見すぎる私見を披露する竹山に、山里は呆《あき》れた顔だ。一方、虎太郎はデスクに戻ると、外していた腕カバーをはめなおし、先ほど途中になっていた服務整理を再開しようかと、服務整理簿に手を伸ばそうとした。その簿冊が、目の前で消える。

「虎太郎ちゃんは気になんない？」

無理やり話題に巻き込みたい竹山が傍らに立ち、ひらひらと服務整理簿を掲げながら虎太郎に言う。

「はい。服務整理簿を、返してください」

「えー。だって、アラブの王子様だぜ？　すっげー金持ちって、どんなんだろーって興味あるじゃん！」

「とくには。服務整理簿を返してください」

「まぁ、そっか。男だもんな。ヤローにはやっぱ興味持ちにくいよなぁ」

「服務整理簿返してください」

「お前やっぱロボットかなんかじゃね？　じゃなかったらバルカン人だろ」

「……ただの日本人です。服務整理簿」

「わぁーったって、返す！」

匙《さじ》を投げたように、ばんっと竹山は服務整理簿を虎太郎の机に戻した。

「ありがとうございます」

「ったくー」

そう唇を尖《とが》らせるものの、竹山はニヤニヤと目を細めていた。この無愛想で機械じみた後輩をこうして弄《いじ》るのは、竹山のもっぱらの趣味なのだ。日に数度のこうしたやりとりはもはやお約束となっていて、よくめげないものだと周囲も虎太郎も思っている。

「竹山くん。偏見は賛成しないわ。それに、ハリムさんは王子ではないわよ。シークで、大変な実業家ではあるけど」

「金持ちってのはホントでしょ？」

「まぁ、そうだけどね」

山里がたしなめるが、竹山は相変わらずだ。

ハリム・ビン・ダルヌーク・ビン・ジャファル・アール・カリーファ。それが、先ほどから話題の人物の本名である。やたらに長いが、意味としては、カリーファ家のジャファルの孫でダルヌークの息子のハリムくんだよ！　ということだ。

なんでも、油田持ちの不動産王の末っ子で、自身も投資ビジネスなどをする傍ら、世界をあちこち遊学中というなんとも優雅な身分らしい。そんな人物が日本のこの大学に入学することになったのは単なる巡り合わせというやつだが、なんでも日本語もかなり堪能《たんのう》で、日本贔屓《びいき》でもあるという。

とはいえ、自分には関係のない話だ。虎太郎はそう思いながら、教員の出勤簿を確認しながら服務整理簿をチェックしていく。

そんな貴族様が学割の申請やら奨学金の手続きやら、就職相談に来るわけもないことだし。

ただありえるとすれば、彼に面会を求めて来る外部の人々の対応くらいだろう。実際数件、取材の依頼は大学側にも舞い込んでいる。ただそれも、最終的判断は学長に委《ゆだ》ねられるわけで、虎太郎にしてみれば雑事が一つ増える程度のことだ。

しかし、冷静なのは虎太郎くらいで、この数日というもの、学内の生徒や教授たちにと

って も、程度の大小はあれど、竹山と同じような調子なのは事実だ。ハーレクインロマンスのヒーローが自分の現実に乱入してくるとなれば、普通は冷静ではおられまい。女性ならばうまくすればヒロインになってそのままロマンスの世界へ旅立てるわけだし、男性にしても、縁ができればなにかのチャンスに恵まれるかも、という夢がある。

「あー、お近づきになって、どーんと油田とかくんないかなー。せめて女子高生とパーティとかなー」

ここまで露骨に要求を口にだせるのは竹山くらいだろうが。

「いい加減に仕事しなさいよ」

「山里さんはなんかないんすか？」

「私は現状に満足してるもの。それに、人に簡単にもらったものなんて、意味がないでしょ」

まったくその通りだ、と虎太郎は無言のまま頷き、竹山は「そーっすかね」と首を傾《かし》げた。そのまま流れで、「お前は？」と来そうな空気を察し、すかさず虎太郎は立ち上がる。

案の定、空席に向かって首を向けた竹山が、ちっと舌を鳴らした。

「山里さん、ここの数字なんですけど」

「はいはい。どれ？」

山里のデスクの前に立ち、服務整理簿を差し出す。すると途端に、ざわざわと人の声が聞こえてきた。竹山の表情がパッと輝く。

「お疲れ様です」

両開きのガラス扉を開け、入ってきたのは学長だった。そして。

「ハリムさん、どうぞ。こちらが学生課です。まぁ、あまり利用されることはないかもしれませんが」

山里が立ち上がり、竹山も興味津々の態で入り口に視線を向ける。虎太郎も振り返り、噂の彼の登場をいつもの無表情のまま出迎えた。


白い布が、ひらりと揺れた。

褐色の肌に純白の長衣《カンドゥーラ》。肩で揺れる頭巾《クトゥーラ》の裾《すそ》もまた白く、春の日差しに薄ぼんやりと、彼自身が淡く発光しているかのようだった。

背は高い。一七〇センチの虎太郎でも見上げるほどだ。竹山の言うような脂ぎったオヤジなどではまったくない。全身が布に隠れているからはっきりとはわからないけれども、ちらりと見える首の太さからも、それなりに鍛えた体軀《たいく》なのだろうとは推測できる。身のこなしも軽やかで、優雅だ。

そして、なにより。

泳げそうなほど目鼻立ちの彫りは深く、人相学でいったら確実にエロいと断言されそうなはっきりした厚い唇がセクシーだ。濃い睫毛《まつげ》に縁取られた緑の瞳の鮮烈さは、一度見たら忘れられないだろう。

日本人にはありえない、超極濃のハンサム、とは、後で竹山が悔しげに漏らした感想だったが、まぁ言い得ている。

（……眩《まぶ》しいな）

虎太郎の感想は、そうだった。なんというか、オーラがまばゆいというか。たぶんどんな雑踏のなかにいても、彼を見つけることはたやすいだろう。

目を伏せるついでに、挨拶《あいさつ》のために頭を下げた。その、次の瞬間だった。

「……見つけた」

（え？）

カウンターを軽々と乗り越え、近づいてきたハリムが、やおら両手で虎太郎の腰を掴《つか》み、軽々と持ち上げたのだ。

「ハリムさん⁉」

学長が驚きの声をあげる。一方で、虎太郎は言葉もない。

「見つけたぞ、俺のガミール・ネムル!!」

満面の笑みを浮かべ、ハリムはそう言った。意味はわからない。だが、この状況がおかしいことは虎太郎にもわかる。

しかし、この二十数年で培った鋼の精神力でもって、虎化することだけはかろうじてこらえた。

「なんでしょうか、ハリムさん」

「お前を探していたんだ。さぁ、一緒に行こう」

「すみません、意味がさっぱりわかりません」

テンションだだ上がりのハリムに対し、淡々と無表情のまま虎太郎が答える。

「虎太郎ちゃんすげぇ。マジ鋼の精神……」

ぼそり、と竹山が思わずといったように呟く。

「下ろしてください」

「嫌だ。逃げられては困るからな。……失礼、急用ができたので、今日は失礼する。大学については大変興味深く拝見した。明日からよろしく頼む」

「は、はぁ」

迫力に気圧《けお》されたように、学長がぼんやりと頷く。

「では、ごきげんよう」

そう優雅に微笑むと、ハリムは踵《きびす》を返す。その肩に、虎太郎を担ぎ上げたまま。

「あの、学長」

いいわけがないです、と虎太郎が視線を送ると、学長はただ、こっくり、と頷いた。

(……売られたな。僕)

寄付金がいくらか知らないが、この瞬間に、虎太郎は自分よりハリムの意思が尊重されることを知った。資本主義社会において、平等などというのは真っ赤な偽りである。

学長め。好きな言葉が『臨機応変』なだけある……などと、虎太郎が内心で罵《ののし》ろうとも、現状は変わらない。

学生課を一歩出ると、外には黒いスーツ姿の男たちが数人待ち構えていた。どうやらボディガードらしい。目をひくのは、アラブ系の者たちのなか、一人だけ混ざっている東洋人だ。

「そのお荷物はどうされましたか」

「見つけたから、連れて帰る」

「車はどうなさいますか。別に手配が必要でしょうか」

「いや、俺と一緒で構わない」

「かしこまりました」

会釈するなり、男は腕時計に向かって何事か指示をする。

「校門前に五分二十秒後、リムジンを停めておくように」

運転手を呼び出しているらしいが、それにしても時間指定が細かい。

「あの」

担がれたまま、せめても虎太郎は彼に声をかけてみた。他の人間はともかく、日本語が通じるならば、この状況を少しは改善してくれるかもしれない。淡い期待だが。

しかし、返事はない。虎太郎の声など、聞こえてもいないようだ。

「あの！」

もう一度、はっきりと声をかけてみる。その間にも景色はめまぐるしく変わり、見慣れた通勤路を朝とは逆走する形で、どんどんハリムは進んでいく。周囲の黒団子も一緒に。

生徒たちは一様に、何事かと目を丸くして見送っていた。そりゃそうだ。白いアラブ衣装の男が、職員を肩に担いだまま、黒服一団を引き連れていくのだから、どうやったって目立つ。まさに今そこにある非日常。学内で突如展開される拉致《らち》パレードである。

「……いやいや。犯罪ですよね、これ」

相変わらずの無表情のまま、もはや虚《むな》しい独り言を虎太郎は呟いた。

「虎太郎ちゃん、なにやったんすかねぇ。……無事ならいいっすけど」

ようやく正気に戻った竹山が、はぁと深くため息をつく。

「心配？」

「だって虎太郎ちゃんがいなかったら、あいつの午後の分の仕事誰《だれ》がやるんすか！」

「あなたと私ねぇ」

席に戻った山里の返答に、竹山は頭を両手でかきむしって絶叫をあげた。

「嫌だあああ！　つか、なんで山里さん、そんな落ち着いてるんすか!?」

「そう？　まぁ、そりゃねぇ」

ふふっと山里は目を細め、言った。

「砂漠の国の王子様だもの、攫《さら》うでしょ」

山里静子《しずこ》、四十歳。密《ひそ》かな愛読書は、ロマンス小説であった。

校門前に用意されていたリムジンの馬鹿広い後部座席に放り込まれてすぐ、無情にも車は走り出した。

小市民虎太郎はリムジンに乗るのは初めてだ。横長のふかふかのソファ。中央には小ぶりなシャンデリア。ほんのりと漂う薔薇《ばら》の香りは、断じて車には車のファブ○ーズとかそういうのではない。

隣に乗っているのは、ハリム一人だ。先ほどまで取り囲んでいた黒服連中は、どうやら別の車で移動らしい。

きちんと居住まいを正して座る虎太郎の隣で、ゆったりとくつろいでいるハリム。問いただしたいことは山ほどあるが、ひとまず虎太郎は、ハリムに声をかけた。

「あの」

「どうした？　ガミール・ネムル」

「……すみません。アラビア語はわかりません。それは、僕のことでしょうか」

「そうだが？　俺の、可愛《かわい》い虎」

虎、という単語に一瞬で虎太郎の表情がこわばった。冷や汗が途端に吹き出し、心臓が耳元にきたように、バクバクとうるさい。

「なんのことですか」

「正体は、虎なんだろう？　先ほど窓から見た。美しい姿だった」

うっとりと目を細めるハリム。だが、虎太郎はそれどころではない。

(見られた？　いや、落ち着け、落ち着け。適当に誤魔化《ごまか》せ)

堅実で穏やかな生活と、なにより大切な弟の将来を守るためだ。動揺に乾く口中を懸命に湿らせ、虎太郎は無表情を崩さずに、淡々と答えた。

「それは、なにかの見間違いでしょう。僕は、いたって普通の、成人男性です」

「俺の視力は2・0だ。動体視力もスポーツ選手と同程度だが」

「それはすごいですね。ですが、見間違いは視力と関係がありません」

「ちなみに頭脳明晰《めいせき》で暗記も得意だぞ」

「自分でそう言いきってしまう神経もすごいですね」

「そうだろう」

ハリムは胸をはった。褒めてないのだが。これは文化の差異なのか、言語の問題か、はたまた性格の不一致なのか。

「とにかく、俺は間違ってはいない。お前は虎だし、あの屋上から足を滑らせて、空中回転の後に怪我もなく降り立つなどというマネは人間には到底無理だ。それに、そのとき出ていた耳と尻尾は、たしかに虎のそれだった」

まるっと全部お見通しというわけだ。

表情は崩さないまま、虎太郎は内心相当に焦っていた。しかしだめだ。落ち着かなければ。

（落ち着け落ち着け落ち着け。落ち着くには…奇数を数えるのか？　いや違う、そうじゃない）

これ以上動揺すれば、まさにハリムの目の前で、その耳と尻尾が出てしまう。そうなれば言い逃れができない。まさに、絶体絶命だ。

「そうだ。なんで今は耳と尻尾がないんだ？　隠しているのか？」

やおらハリムの長い腕が伸び、虎太郎のまっすぐな茶色の髪に節くれ立った指を差し入れた。そのまま、今は消えている耳を探すように、ぐしゃぐしゃとかき回される。

「やめてください」

身をよじろうにも、いくらリムジンとはいえしょせん車内だ。そう逃げ場があるはずもない。なによりどうしてか、ハリムに覆いかぶさるように距離を詰められると、それだけで動きが封じられたような気分になってしまう。焦りにますます動悸《どうき》は激しくなるばかりだ。

そりゃあ、今までも、バレかけたことはあった。でもどんなときだって、虎太郎がいつもの鉄面皮で「見間違いです」と頑《かたく》なに主張すれば、むこうも目の錯覚だろうと引いてくれたのだ。

ほんとに、ここまで自分に対して自信満々な人間、会ったことがない。

「ふむ。見つからないな」

不満げに唇を尖らせつつ、ハリムは指の動きを止めない。むしろ、虎太郎の普通の耳を弄り出す始末だ。

（くすぐった……っ）

柔らかな部分を撫《な》でられる感触に、ぞわぞわと背筋が粟立《あわだ》つ。心拍数もますます急上昇で、人生新記録をまもなく樹立する勢いだ。

「だ、だから、見間違いだと言ってます」

震えを殺し、なおも強く反駁《はんばく》する虎太郎の頬《ほお》は赤く上気していた。褐色の瞳も、微《かす》かに潤んでいる。竹山が見たら、さぞかし仰天しそうな様子だ。それほどに、かつてなく虎太郎は追い詰められていた。だと、いうのに。

「そんなはずはない。……そうだ、では尻尾はどうした？」

「え？」

ハリムはそう言うと、虎太郎のスーツのボトムを引きずり下ろしにかかったのだ。しかも、アンダーごと。

「や……やめてくださいッ！」

それはもう正体だとか云々の前に貞操の危機というかなんというか。童貞の虎太郎にとっては、『誰にも見せたことのない場所』なわけで、それをこんなところで、見ず知らずの男に晒《さら》していいわけがない。断じて!!

——そしてついに、心拍数は人生新記録を見事に成し遂げ……。

臨界点を超えた混乱に、輪ゴムがバチンと弾《はじ》けるような勢いで、虎太郎は半虎半人の姿に変身してしまっていた（まぁ耳と尻尾だけなので、見た目的には『やや虎』くらいかもしれないが）。

「おお！　やはり！　俺のガミール・ネムル!!」

喝采《かっさい》をあげ、ぎゅううっとハリムが嬉《うれ》しそうに虎太郎を抱きしめる。さらに頭を撫で回し、頰ずりせんばかりの勢いだ。

「………!!」

（バレた。ついにバレた。これで僕の人生はおしまいなのか……ッ！）

ＧＡＭＥ　ＯＶＥＲの文字が不吉に脳裏に浮かぶ。いや、だが、まだコンティニューの手段はあるはずだ。

両手を突っ張らせ、虎太郎はハリムとなんとか距離を置く。それでもなお、クリスマスの電飾ばりにきらきらしい笑顔をたたえまくっているハリムに、どもりながらも虎太郎は尋ねた。

「ぼ、僕をどうするつもりなんですか」

実験動物か、見世物か。どちらにせよぞっとしないけれども……。

だが、ハリムの返答は、実に単純明快かつ単刀直入だった。

「飼う」

「飼う!?」

「ああ。大事に大事にしてやるぞ？」

虎太郎の頬を撫で、ハリムは目を細めた。

もしこれが、素敵な夜景をバックにロマンチックな高級レストランの一室で、さらに言われてるのが心優しく真面目だが堅物ゆえに冴《さ》えない女性ならば、ここで見事なハッピーエンドを迎えるわけだが。

残念ながらここはリムジンとはいえ車のなかで、しかも言われてるのは男で、つーか嫁的な意味ではなくて明らかに愛玩《あいがん》動物的意味合いなわけだから。

『プロポーズ』よりむしろ『犯罪』のほうに近い。

「俺は珍しい大きな動物を飼うのが好きなんだ。日本でなにか手に入ればと思っていたが、こんなにも早く巡り会えるとは。神の導きだな」

「僕にも人権はあります」

「それになんの問題が？　なに不自由なく暮らさせてやるぞ。黙って、『うん』と言えばいい」

「黙ってたら『うん』とは言えませんが」

「たしかに、それもそうか。日本語は難しいな」

冷静な虎太郎のツッコミに、気分を害すでもなく鷹揚《おうよう》に返事をするあたり、ハリムは器が大きいと言えなくもない。いや、それ以上に、今は虎太郎の尻尾と耳に夢中なだけかもしれないが。

「見事な尻尾だな。毛並みも柄も素晴らしい」

うっとりと目を細め、長い尻尾をハリムの指が撫でる。ぞくぞくと背筋が緊張に震え、虎太郎は丸っこい耳を伏せて嫌々と首を振った。

「やめてください」

「それに、そもそも他人に触らせたことも滅多にない。慣れてない、というほうが正しい。それに、……こんなふうに、怯《おび》えもせずに褒められることなど初めてで、虎太郎はひどく落ち着かない気分だった。表情こそ相変わらず代わり映えはしないが、今はもう耳と尻尾が、その分雄弁に虎太郎の感情に反応して、そわそわと動きっぱなしだ。

「しかし、なぜ普段は出しておかないんだ？　もったいない」

「平和な社会生活を送るためにはどう考えても不要でしょう。ハロウィンでもあるまいし、昼日中からコスプレもどきな耳尻尾つきのいい年した男なんて、社会不適合にも程があるってものです」

「表現の自由は確保されている国と聞いているが」

「暗黙の了解のうちに設定されたマジョリティのルールからはみ出さない限り、という但し書きがこの国にはあるんです。それに……」

「それに？」

わずかに眉根《まゆね》を寄せ、目を伏せてぽつりと虎太郎は言った。

「恥ずかしいじゃないですか」

「そんなことはない！　お前の姿は、今まで見たどんな生き物より愛らしく、美しい。それに、さっきお前は仮装といったが、そんな低俗なものじゃない。この耳も尻尾も、お前がたったひとりの特別な存在であるという、なによりの証《あかし》だろう？　ガミール・ネムルたったひとりの。」

それは、虎太郎にとっては胸に刺さる言葉だった。

賞賛されていることはわかる。だがそれを、額面通りに受け取るには、虎太郎はあまりに外に対して心を閉ざして生きてきすぎていた。

「……僕はそんな証、いりませんでした」

そう呟くなり、すっと耳と尻尾は消えた。

露骨に残念そうに、ハリムがため息をつく。

「これは、魔法？」

「違います。……僕の、体質です。感情が高ぶると、耳と尻尾が出る。落ち着けば、ひっこみます。それだけです」

「ふむ……」

形の良い顎《あご》に指をかけ、ハリムはしばし、じっと虎太郎の顔を見つめていた。

「…………」

愛撫《あいぶ》のような熱い視線にもたじろがず、虎太郎は涼しげな表情のまま、窓の外に目をやる。スモークシールのせいではっきりとは見えないが、見覚えのある街の景色だ。たしか登録の滞在住所が、このあたりの高級ホテルだった。

車から降りたら、とにかく職場に戻らなくては。

月末で服務整理を仕上げてしまわなければならないし、予算委員会のレポート案も作らなくてはならない。山里に頼まれた屋根修理の業者に連絡もしたい。とにかくやることは山積みなのだ。こんなよくわからない状況にいつまでも振り回されている場合じゃない。全然ない。

「なるほど。だいたいわかった」

「そういう人に限ってわかっていないものですけどね」

「つまり、こういうことだろう?」

ハリムの顔が、虎太郎の視界いっぱいになる。

顎に指がかかり、くいっと持ち上げられた。

至近距離で見ても、つくづく濃くて、整った顔だ……と思った次の瞬間。

虎太郎の唇に、柔らかなものが当たっていた。ハリムの、唇だ。

「…………!　!　!　!　!」

そう理解した途端に、またぴょん！　と耳と尻尾が顕《あらわ》れる。

今度こそ手加減なしに突き飛ばしてやろうと思ったが、その前にハリムは素早く身をひいていた。そして、予測通りの結果に至極満足そうに白い歯を覗《のぞ》かせて微笑む。

「やはり、そのほうがずっといい」

「勘弁してください！」

口元をごしごしと擦《こす》りながら、虎太郎は声を荒らげ、そのまま咳《せ》き込んだ。大きい声を出すことすら近年久しぶりすぎて、咽《む》せてしまったのだ。

頭と顔が熱くなって、心臓がどきどきして、わけがわからない。

「大丈夫か？　ガミール・ネムル」

「だ、いじょぶ、です」

はぁはぁと息を整えながら、また必死で落ち着こうと虎太郎はぎゅっと目を閉じる。

その頭を、ふっとハリムの手が撫でた。

大きなその手は、ひどく温かくて、優しくて。

「よしよし。大丈夫だ」

……こんなふうに頭を撫でられるなんて、何年ぶりのことだろうか。

こんな状況だというのに、どこかほっと、虎太郎の息が楽になる。

「……と、とにかく」

ごほん、と咳払《せきばら》いをして、虎太郎はハリムの手を退《ど》けるように顔をあげた。

「知られてしまったのは、もう仕方がありません。ですが、とにかく秘密にしてほしいんです。僕にはまだ学生の弟がいますし、彼を養育する義務があります」

「それなら、俺が引き受けるが？　未来ある若者を育てることはたしかに必要だ。助力を惜しむつもりはないぞ。それが、ガミール・ネムルの弟ならばなおさらだ」

「そういうわけにはいきません」

「なぜだ？」

「僕の意思です」

「気にするな。最初はみな警戒し、拒もうとするものだ。けれど、愛情をもって接すれば、必ず懐く」

「だから僕は動物じゃありませんし！」

人間も広い意味では動物だが、そういう問題ではない。

そうこうしているうちに、車が停まった。リムジンのドアが恭しく開けられ、虎太郎はあわてて両手で耳を押しつける。

「到着いたしました。どうぞ」

「ああ。おいで、ガミール・ネムル」

「無理です」

ホテルの正面玄関に、こんな格好で降りられるはずもない。虎太郎はそう答え、大きく深呼吸をして落ち着きを取り戻そうとひたすらに努める。

「ハリム様」

見れば、ドアの外にいたのは、先ほど虎太郎にガン無視を決めた東洋人だった。

「どうした？」

「そちらのペット、お飼いになる前に、少々手続きが必要なようです。後日改めて、ハリム様のもとにお届けいたしますので、今日のところは一旦、お放しください」

「え？」

思わずそう呟いたのは、虎太郎のほうだった。

完全動物扱いなのはいろいろと異議もあるが、内容としては虎太郎にとって願ったり叶《かな》ったりこの上ない。

「ふむ……そうなのか」

「はい。日本では大型動物を飼う際に特別な許可が必要なことは、ハリム様もご存じかと。なにとぞ、ご理解くださいませ」

男はそう言うと、深々と頭を下げた。

いかにもつまらなそうにハリムは眉根を寄せたが、ややあって、ため息とともに「わかった」と答えた。

どうやら彼なりに、遵法精神を持ち合わせてはいるらしい。

「仕方がない。ガミール・ネムル。共に暮らすまでもう少し待っていてくれ」

頼んでない、という言葉は飲み込んで、虎太郎はただじっとしていた。今は乗るしかない、この流れに……！

「俺は部屋に戻る。後は頼んだぞ」

「かしこまりました。お客様が面会を申し込んでおられますので、お部屋に書類をご用意させてあります」

「わかった」

ハリムが車を降りていく。しばらくして、男が車内に顔を覗かせた。

「赤江さん、でしたね」

「……はい」

ほっとしたと同時に、耳と尻尾は消えてくれていた。

ずらされた衣服をきちんと整え、何事もなかったかのように、虎太郎もまたリムジンを降りる。

「私は、日本で執事業務をしている、瀧《たき》です」

「執事?」

耳慣れない単語を、思わずそのまま虎太郎は尋ね返した。

海外小説ならともかく、現実に執事というものが、今も存在するとは想定外だ。

「はい。海外の要人の方が訪日なさった際、身の回りのお世話をさせていただいております」

丁寧に説明をされても、やはり現実感が薄いのには変わりない。イリオモテヤマネコと執事を比べたら、珍しさという意味では同じくらいではないだろうか。

「それはわかりました。ですが、先ほどの話ですが……僕は人間ですし、飼うというのは」

「車内の会話について、私は把握しております」

さらりと盗聴の事実を告げられ、また虎太郎は耳が出そうになるのをすんでで堪《こら》えた。

「盗聴してたんですか」

「ハリム様はご承知の上ですから、盗聴ではありません。車内でハリム様に危険がないように、むしろリスクマネジメントの一環です」

瀧は爽《さわ》やかに微笑んでみせる。だが、まったく目は笑っていない。これも執事としての職業笑顔というやつなのだろうか。

この人なつこそうな笑顔と、どちらかといえば童顔なせいでかなり若く見える。身長は虎太郎とほぼ同じくらいで、立ち居振る舞いからもそれなりの年齢なのだろうとは思うが、単純にいえばかなり年齢不詳だ。その上、職業が執事ときたら、まったくもって謎《なぞ》の人物すぎた。

「それでも、大学に問い合わせたところ伺いました赤江さんのデータは、いたって普通の成人男子です。こちらとしては、合意の上、ハリム様と交友を深めていただければ十分です」

「さっきのはとてもそういう言葉じゃなかったようですが」

「言葉というものは、相手に理解しやすい表現を選ぶものです。実際、あなたも助かったでしょう?」

「…………」

事実なので、ぐうの音もでない。

「それと、誰でも秘密は、秘密にしておきたいものですしね」

つまりそれは、逆らえば虎太郎の秘密をばらすのも厭《いと》わないという意味だろう。

――この瀧という男には、あまり逆らわないほうがどうやら利口らしい。

「…ありがとうございました」

白旗をあげた虎太郎に、「どんな方とも、双方にとって利益ある関係でありたいですからね」と瀧はまたにっこりと微笑んだ。

「大学にお帰りになってけっこうですよ。お疲れ様でした。そうそう、これは、交通費です」

拍子抜けするほどあっさりとそう告げて、瀧は白封筒を虎太郎に手渡した。

「いただくわけには」

「ですが、大学まで徒歩というのはかなり厳しいですよ。ご心配なさらずとも、いずれお返しいただければかまいません」

返すのかよ、と思いつつも、そのほうが受け取る分には気楽だ。実際、身一つで拉致られたせいで、今の虎太郎は無一文だった。

「……では、ありがたく」

「はい。お気をつけて」

瀧はかっちりした会釈の後、踵を返した。動作の一つ一つに、無駄がない。その背中を見送って、そのまま目をあげると、巨大な高層ホテルがそびえ立っていた。あまりの高さに、一瞬目眩《めまい》がする。……あくまで、高さのせいだ。先ほどからの混乱と困惑の連続のせいだとは、虎太郎は思いたくなかった。

「さて……駅はどっちかな」

とりあえずホテルのスタッフに道を尋ね、虎太郎の足はとぼとぼと来た道を戻りはじめた。

(まったく、なんて日だ)

内心でそう呟き、無意識に虎太郎は指先で唇を撫でていた。まだそこが、うっすらと熱を帯びているような気がする。迂闊《うかつ》に思い出すと、また動悸が激しくなる。虎太郎は頭を振って、ハリムのことを脳内から無理やりに追い出した。

秘密を、知られてしまった。

……これから、どうなるのだろう。

暗澹《あんたん》たる気持ちで、虎太郎は深く深く、ため息をついた。

だが、受難はまだ、終わってなぞいなかった。

むしろ、なにもかも、はじまりを告げたばかりだったのだ。

「おかえり！　今日は早かったね、兄ちゃん」

弱々しい足取りで家に帰り着いた虎太郎を、最愛の弟である赤江獅央《しおう》が笑顔で出迎えた。

獅央は四月生まれの十八歳。高校三年生だ。虎太郎よりさらに上背があり、剣道部主将を務めるだけあって、それなりにがっちりした体格をしている。髪もきりりと短髪に切りそろえ、凛《りん》と背筋を伸ばした姿は、まさにザ・正しい日本男児。

ただ、そんな獅央だが、今はモノトーンチェックのエプロンをして、おたま片手だったりする。どうやら、夕飯の支度をしていてくれたらしい。カレーのいい匂《にお》いが、玄関先まで漂っていた。

両親に先立たれてから、兄一人弟一人でそっと暮らしてきた兄弟だ。互いにブラコンなのは十分に自覚もあった。

それに獅央は、虎太郎とは違い、虎耳が出るような呪われた体質ではない。いたって普通に笑い、怒り、泣くこともできる。

感情を押し殺すことでどうにか生きてきた虎太郎にとって、獅央は自分のかわりに青春を謳歌《おうか》し、人生を全うしてほしいという、希望の星にも近い存在だった。

そして今のところ、獅央はその兄の期待に応《こた》え、文武両道で友達も多く、周囲にも頼られる、立派な好青年としてすくすくと成長してきたわけだ。

「ただいま、獅央」

「どうしたの？　兄ちゃん、なんかあった？」

無表情のまま、淡々と答える虎太郎に向かって獅央は首を傾げる。

どんなに感情を押し殺していたとしても、兄の些細《ささい》な様子からその心情を察することができるのは、獅央の特技だ。

「いろいろ。とりあえず、メシにしよう。腹が減ったろ」

「あ、うん。カレーできてるよ」

清貧を尊ぶ赤江家において、カレーといったらチキンカレーのことを指す。ごくたまに豚肉だ。

「ありがと」

「それと、……コード、見つかったから。兄ちゃんの部屋に置いてある」

「！」

途端に虎太郎の頭から耳がぴょんっと飛び出した。コードとは、昨夜虎太郎が探していた携帯ゲーム機の充電コードのことだ。

「どこにあった？」

口調と表情は変わらないが、耳だけが嬉しげにぴくぴくと震えている。

「棚の隙間《すきま》に落っこちてた」

「そっか。よかった……」

ほうっとため息をつくと同時に、耳が元通りに消えた。

コード発見の喜びは大きかったようだが、それ以上に気詰まりなことがあるらしいと獅央は察する。

「とりあえず着替えて、充電もしてきたら？　あと、猫歩きの録画もできてたよ。後で見よう」

「わかった。そうする」

頷いて、虎太郎は一旦自室へと向かった。

虎太郎がスーツからジャージに着替え終わると、ちゃぶ台には温かな湯気をたてるカレーと、見た目も綺麗《きれい》に盛りつけられたグリーンサラダが用意されていた。

「美味《うま》そうだな」

とても本気でそう思っているとは見えないが、微かに虎太郎の口元が緩んでいることを獅央はちゃんと気づき、「ありがと」とにっこり笑う。

スプーンを突っ込んだ氷水のコップを並べて、向かい合って両手を合わせた。

「いただきます」

「いただきます」

それから、仏壇のほうに向かって。

「いただきます、母さん」

虎太郎は、それだけを口にした。

「……それで、どうしたの」

さっそく豪快にカレーを頬張りながら、獅央が口火を切る。

対照的に、もさもさと少量ずつをスプーンで口に運んでいた虎太郎は、思わずその手を止め、目を伏せた。

「財布落とした、とか？」

「違う」

「また田中《たなか》さんちの犬に怯えられた？　大丈夫だよ、そのうち兄ちゃんが優しい人だってわかるよ」

「それはもう諦《あきら》めてる」

虎太郎の正体に動物は気づくのか、散歩中の犬や猫に会おうものなら、泡を吹くほど怯えられるのが常だ。動物園など、一歩でも足を踏み入れた途端、近くの檻《おり》から順に阿鼻《あび》叫喚《きょうかん》の騒ぎになる。

だから、虎太郎自身は無類の動物好きなのだが、安心して可愛がれるのはバーチャルペットだけなのだ。

「じゃあ、どうしたの」

金と動物以外で、虎太郎が落ち込むことなどそうはない。ますます訝《いぶか》しげに、獅央は精悍《せいかん》な顔をしかめた。

「しばらく、家に戻れないかもしれない」

「え？　出張とか？」

「……」

虎太郎は返答に窮した。

まさか、『お前の兄ちゃんはしばらくアラブの大富豪のペットになるんだよ』などと真顔で言えるはずもない。

すると、獅央もスプーンをおき、すっと真顔になると、両手を正座した膝《ひざ》の上に乗せて口を開いた。

「兄ちゃん。ちゃんと、教えて」

「…………わかった」

しぶしぶ虎太郎は、昼間あったことをかいつまんで獅央に語りはじめた。

ハリムというアラブの大富豪が留学してきたこと。その彼に気に入られてしまい、しばらく傍《そば》で面倒をみなくてはならなくなったこと。しかもそれは、学長命令だという内容だ。

いろいろとはしょってはいる。さすがに、『飼われる』などという単語はどうしても口にしたくなかったわけだ。

ただそれでも、話を黙って聞きながら、どんどん獅央の眉間《みけん》の皺《しわ》は深くなる一方だった。

学長命令だというのは、本当だ。

とぼとぼと学校に戻った虎太郎に、学長やその他上司の面々がずらりと顔を揃《そろ》え、告げたのだ。

「わかってるね？　すでに寄付金もいただいてしまっているし、ヘタに彼を怒らせれば国際問題にもなりかねない。ここは君に、ハリム氏が日本に滞在する間のサポートを業務として行ってほしいのだ。もちろん業務なのだから、給与などに関しては心配しなくていい」

「……困ります」

そんなことを言われても、虎太郎にも都合がある。だが、力をこめて、

「これは君の職務だ」

そう上司に告げられては、いかんともしがたい社会人の悲しさである。

もちろん、虎太郎以上に悲壮な顔をしていたのは、他でもない竹山だったが。

「それで、家に帰れないっていうのは、なんで？」

「その……彼の滞在先のほうに、ついていくこともあるかもしれないから」

「なんでそこまで、兄ちゃんがそいつの面倒をみなくちゃいけないんだよ」

まったくもってその通りだ。

だが。

「そうもいかないんだ」

「金持ちだから？」

吐き捨てるように獅央が言うのに、虎太郎はため息をついて首を横に振った。

「そうだけど、それだけじゃない」

「じゃあ、なに」

ぽつり、と虎太郎が答える。

「秘密が、バレた」

――一瞬の間の後、獅央は大きく息を呑《の》んだ。

「う……嘘《うそ》でしょ⁉」

「本当だよ」

嘘ならばどんなにいいか、と虎太郎も思う。だが、現実は非情であり修正はきかない。

「どうして？」

「まさか、見られてると思わなくて」

虎太郎はまた淡々と、屋上での一件を話す。その間、獅央はさらに顔を歪《ゆが》ませ、悔しげに歯ぎしりをした。

「コード探してたら寝不足で、ぼうっとしてたんだ。……ごめん」

「兄ちゃんは悪くない。怪我しなくて、よかった」

獅央は断言するが、虎太郎としては、痛恨のミスであるのは認めざるをえなかった。

「とにかく、見られたからには、言いふらされるよりは言うことを聞いたほうがいいと思うんだ」

「冗談じゃない、そんなの」

獅央の握りしめた両手のひらが、憤慨にぶるぶると震えている。

「まぁ、あくまで日本にいる間だけの話だよ」

なんでか、虎太郎のほうがなだめる立場になってしまった。すると。

「わかった」

やおら、獅央はすっくと立ち上がる。

「獅央？」

「俺がそいつと話をしてくる。兄ちゃんの秘密を盾に脅迫するなんて、卑怯《ひきょう》だ」

「けど。どこにいるか知らないだろう？」

「それは！　……兄ちゃん、どこにいるか教えて」

勢いのわりに、獅央はまったくのノープランだったらしい。

「無理。兄ちゃんは、獅央に危ないことしてほしくないし」

「教えてってば!!」

にべもなく断る虎太郎に、獅央はじたばたと地団駄を踏んだ。

途端に、地面が揺れる。

「獅央？」

「や、俺のせいじゃないって！　いくらなんでも、そこまで重くないし！」

「だな」

さては地震かと、スマホでニュースをチェックしてみたが、どこにも情報はない。だが、そうして調べている間にも、間断なく地面は揺れ続けていた。

「兄ちゃん！」

外を見てくる、と出ていった獅央が、血相を変えて引っ返してきた。

「どうした？」

「き、来て！　とにかく！」

ぐいぐいと腕を引っ張られて、三和土《たたき》でサンダルを履き、虎太郎は古めかしい曇りガラスの塡《は》まった木戸を横に開いた。

がらり、という音は、外の喧噪《けんそう》にあっという間にかき消される。

「こっちが先だ、どけよ！」

「なに言ってんだ。ちょっとそっちが避《よ》けろ！」

すぐ目の前の道路では、互いに道を譲れと引っ越しトラックの運転手同士が罵りあっている。見れば、他の道も引っ越しトラックですし詰めだ。空にはなぜかヘリがサーチライトを点灯させてバラバラと飛び交っており、周囲の家の人々は慌ただしく家財道具一式を運び出している最中だった。

「どうしたんだろうな」

見た目的にはたいして驚いた様子もなく、落ち着き払った顔で虎太郎が呟く。手にスプーンを握ったままなあたりだけが、唯一彼の内心の動転を示していた。

「わかんないよ！」

まるでこのあたり一帯が、突然戦場にでもなったかのような騒ぎだ。

不発弾が見つかったときは、一時的に立ち退《の》き要求などもあるだろうが、かといってそのために引っ越しまでするとは思えない。

「俺、ちょっと聞いてくる！　兄ちゃんは、家に入ってて」

獅央はそう言い残すと、隣の家に小走りで向かっていった。

（なんだか、胸騒ぎがする）

虎太郎は、ぎゅっと胸の上で手のひらを握りしめた。

ろくでもない、非日常な、困惑しか呼び起こさないこの感じは……。

「兄ちゃん。大変！　なんか、急にこの家を買いとるって言う人が来たんだって。しかも、なんかすごい額で。それで、みんな引っ越し準備してるらしくて」

戻ってきた獅央の報告は、どこか予想の範囲内だったかもしれない。いや、信じたくないが、やはり。

「……嘘だろう？」

バラバラバラバラ。

激しいプロペラ音が頭上で鳴り響き、見上げた空の上から、縄ばしごが落とされる。その端にしっかりと掴まり、白い長衣を翻し、降下してきたのは他でもない……

「ミサーウルヘイル《こんばんは》。ガミール・ネムル」

微笑むその男。

見まごうことなき、ハリムその人だ。

虎太郎の手から、スプーンが落っこちた。

「兄ちゃん、なにこの外人。どういうこと⁉　ヘリでアラブ人って、美容整形病院のCMかよ‼」

「落ち着け、獅央。その……」

「彼が弟か？　ふむ」

虎太郎の様子から察し、ハリムが獅央をちらりと見やる。値踏みする目線から守るように、ぱっと獅央を背中にして虎太郎が立ちはだかった。

なるべくなら、ハリムの腕が届く範囲には入りたくなかったが、致し方ない。

「獅央は、僕とは体質が違いますから」

「そうなのか？　残念だ」

そのやりとりに、獅央も目の前の特濃イケメンの正体を理解したらしい。虎太郎を押しのけ、今度は獅央のほうがハリムの前に立つ。

「お前だな。兄ちゃんを困らせてるワガママな金持ちっていうのは」

「困らせている？　そんなことはないだろう」

「ふざけんな！」

　獅央の右腕が振り上げられる。強く握られた拳《こぶし》はしかし、破裂するような音とともに、どこからともなく姿を現した瀧の手のひらに受け止められた。

「く……ッ」

「ご無事ですか、ハリム様」

「ああ」

「獅央、暴力はよくない」

　淡々とそう告げ、虎太郎は首を振る。

「でも！　つか、次から次へとなんなんだよ！」

　拳をおさめたものの、獅央は納得いかないと地団駄を踏んで吠《ほ》えた。

　そうしたい気持ちもわかる。が、しかし。

「ここでは少々騒々しい。差し支えなければ、あがらせていただければ幸いです」

「……どうぞ」

引っ越し騒ぎは相変わらずで、しかも目立つことにかけてはこの上ないハリムの登場っぷりに野次馬も集まってきている。警察でも来たらたまったものではないし、虎太郎は(内心では)しぶしぶながら、ハリムと瀧を自宅へと招いたのだった。

「おお。古風な昭和的住宅だな。クールジャパン! エキゾチック!」

「ただ単に貧乏なだけです」

畳の部屋には、茶簞笥《ちゃだんす》とぎりぎりなんとか現役の十四インチブラウン管テレビ。冬にはこたつになるちゃぶ台の他、昭和な家電や家具だらけだ。

「これがちゃぶ台というものか!」

ハリムは大喜びしているが、かえっていやみったらしい気がする。瀧はハリムの傍に控え、先ほどから無駄なコメントはしていない。獅央は部屋の片隅で、両腕を組み、敵意も顕わにハリムを睨《にら》みつけていた。

「どうぞ」

食べかけのカレーは片付けた。ひとまず日本茶を入れて、座布団をすすめる。

「シュクラン」

ありがとう、の意味だということはわかる。優雅にあぐらをかいて座ると、ハリムは志野焼風の湯飲み茶碗を手に取った。香りを楽しむように目を伏せると、ばさばさと長い睫

毛が風でも起こしそうだ。

「兄ちゃん、こんな奴らに茶なんて出すことないだろ！　……つか、本当に何者なんだよ、あんたら」

　獅央のもっともな問いかけに、口を開いたのは瀧のほうだった。

「こちらにいらっしゃるのは、ハリム・ビン・ダルヌーク・ビン・ジャファル・アール・カリーファ様です。現在二十八歳。獅子座《しし》のＡＢ型。現首長ダルヌーク様の甥《おい》にあたる貴族であり、同時に世界有数の資産家でいらっしゃいます。母国で大学を卒業後、投資会社を運営なさりながらも、その傍らで、より見聞を広めるために様々な国で学ばれておいでです。日本にいらしたのも、その一環と伺っております」

「留学？」

「はい。大学には未来ある若者や、有望な研究を進めている学者の方が多いですから。そういった方々に出資なさるのもハリム様のライフワークなのです」

「なるほど」

　そちらの目的については、虎太郎も初耳だった。教授たちが色めき立っていたのも、そう的外れでもなかったわけだ。

「ちなみに、私は日本での執事を務めております、瀧と申します」

「執事？」

さすが兄弟。獅央も虎太郎とまったく同じ反応だ。ただし、無表情の虎太郎と違い、獅央のほうはぽかんと口をあけて、目を丸くしていたが。

「今後なにかと顔をあわせることもあるでしょう。よろしくお見知りおきを」

「よろしくする気はないけどな。俺は、赤江獅央！　十八歳。赤江家の次男だ」

「存じております。昨年の全国大会では惜しかったですね」

瀧の返事に、ぐっと獅央は言葉につまった。昨年の全国大会で、獅央はぎりぎりのところで三位に終わったのだ。その悔しさを思い出したのと同時に、そんなことまで調べてるのか、という気色悪さを感じたからだ。

一方、そんな虎太郎と瀧の舌戦をそよ風のように聞き流して、ハリムはお茶をすると、にこにこと愛《いと》おしげに虎太郎を見つめているだけだったりした。

「獅央。少し言葉がすぎるよ。それよりも……」

虎太郎は相変わらず冷めた口調でそういさめ、それからまっすぐに、ハリムと瀧を見つめて言った。

「事情を説明してください」

「事情、とは？」

ハリムが小首を傾げる。

「それについても、失礼ですが、私から」

瀧がごほんと咳払いをした。正直、そのほうが虎太郎としても助かる。

ハリムとはまずお互い常識と文化のギャップを埋めていく作業のほうが必要すぎる。

「まず、現状についてです。この付近一帯、およそ二キロ四方を本日ハリム氏がお買い上げになりました。おおよそ、赤江家の最寄り駅までが半径と思っていただければイメージしやすいかと」

「二キロ四方って……」

獅央が呟き、虎太郎の頭の中でざっと計算する。二×二の四平方キロメートル。約四百ヘクタール、ということは。

「千葉のアレよりでかいってことか……？」

某夢の国のざっと二倍ということは、瀧は簡単に言うものの相当な広さだ。

「はい。明日より工事を行い、一週間後にはおおよその完成を予定しております。内部の建物に関しては順次竣《しゅんこう》工予定です。なお、こちらが業者の連絡先です」

ぴら、と瀧が差し出した紙には、ひょこりと頭を下げて『お騒がせして申し訳ございません』とセリフがついたヘルメット姿の可愛いイラストが上部中央に描かれていた。その下に、ずらずらと大手建設業者の名前が並ぶ。

「……工事中にご迷惑をおかけすることもあるかと存じますが、なにとぞご理解ご協力賜りますよう宜《よろ》しくお願いします。なお、お気づきの点がございましたら下記までご連絡いただけますようお願いします」

淡々と文面を虎太郎が読み上げ終わるなり、ばっと獅央の手が書類を取り上げた。

「勝手なこと言ってんじゃねーよ！　うちは同意してないからな。いくら金をつまれたって、立ち退いてなんてやるもんか！」

「いいえ、ここは工事予定地区からは除外されています」

「え？」

獅央が目を丸くする。

たしかに、先ほどの書類は工事に関する挨拶文であって、立ち退き請求のそれとは違う。

「工事の予定は、このようになっております」

次に瀧がちゃぶ台いっぱいに広げたのは、完成予想図だった。

「アンタそれどこに持ってたんだ」

「執事ですから」

よくわからない理由を口にして、瀧は図面の説明に入る。

「自然を大切に、大量の植樹を行い、全体の緑化を行います。その他、ハリム様の滞在する住宅を、季節毎《ごと》にしつらえるというプランです。詳しい邸宅についてはおいおいとして」

たしかに、図面の多くが緑色に染められている。そのどまんなかに一つ、ぽつんと赤い枠で塗りつぶされた小さな区画。それを指さして、瀧は言った。

「ここが、赤江家の場所です」

「完ッ全に取り囲まれてるだろこれ!!」

「ええ、そのようにいたしました」

しれっと瀧は答え、図面を再び丸めて、「こちらはどうぞ、後ほどご覧ください」と虎太郎に手渡した。

「なんでこんなことを?」

「弟ごと面倒をみると言ったろう? それなら、一緒に暮らすのが一番だからな」

湯飲みを手にしたまま、ハリムは実に爽やかな笑顔を見せた。白い歯なんてちょっと光ってたくらいだ。

「冗談じゃないっ! これじゃ、駅までバスにも乗れないし、普段の買い物だってどうしろっていうんだよ。ウチは自転車もないんだからな!?」

「だからそれは、俺が用意するぞ？　送迎の車があればいいのだろう？」

「…………ッ！」

怒りが沸点に達した獅央の両手が、強くちゃぶ台を叩《たた》いた。湯飲みがひっくり返り、がちゃんと派手な音をたてて転がった。

「あちっ！」

零《こぼ》れたお湯が手にかかり、さすがに獅央も一瞬悲鳴をあげて手の甲を庇《かば》う。

「大丈夫か？　冷やさないと」

腰を浮かせて、虎太郎が淡々と氷とタオルを取りに行こうとするのを獅央が引き留めた。

「心配とかいいよ！　じゃなくて、どうせアレだろ、お前、俺の兄ちゃんをハレムとかいうのにいれるつもりなんだろ‼」

びしっとハリムを指さし、獅央が怒鳴る。

「そりゃ兄ちゃんはそこらのアイドルよりもはるかに超可愛いしな、しっかりしてるようでけっこう危なっかしいところもほっとけなくてたまんないし、俺に比べて華奢《きゃしゃ》で細くて抱きしめたくなるくらいだけど、でもお前のもんじゃないから‼」

「別に僕はそう可愛くも細くもないけど」

あきらかに、ブラコンゆえの過大評価だ。だが、獅央はいたってマジだった。

「兄ちゃんは自分の魅力がわかってないんだよっ！　だからいつも気をつけろって言ってんだろ？　ふらふらしてるから、あんなドエロそうな男に目ぇつけられんだよ‼」

「………」

虎太郎はしばし黙った。

ドエロそう、というのは失礼だろうとは思うものの、実際いきなりキスされたりしているし、見た目的にフェロモンむんむんなのも事実なので、そこは否定しなくてもいい気がする。

なので、とりあえず。

「獅央が僕を好いてくれてるのは嬉しいけど、僕は自分をたいして価値がないと正当に評価してる」

相変わらず能面のような顔で、虎太郎はそう答えた。

実際、そうだとわかっている。

面倒な体質のせいで、ひどくつまらない人間に育ってしまったことは確かだ。楽しそうなことはあえて遠ざけてきたし、他人と関《かか》わることもしないできたのだから、当然だ。

「兄ちゃん……」

獅央が肩を落とし、唇を噛《か》んだ。しかし。

「それは違う」

はっきりと否定したのは、ハリムだった。

「ガミール・ネムル。お前は俺にとって、どんな宝石より……いや、太陽よりも月よりも価値がある。それを卑下することは、お前であっても許さないよ」

長い睫毛の下で輝く緑の瞳が、情熱に輝いて虎太郎を見つめていた。じっと見ていると、その瞳に囚《とら》われてしまいそうな、そんな強い眼差《まなざ》しに、虎太郎は戸惑《とまど》ってしまう。

こんなのは、初めてで。

「…………」

「兄ちゃん！」

絶句していた虎太郎の肩を、獅央が抱いて現実に引き戻す。

「お、俺だって、そう思ってるんだから!!」

「……ありがとう、獅央」

顔を赤くする獅央にそう返し、虎太郎はひとまず、深く息をついた。

いや、今は自分の価値についてなど、そもそもどうでもいいのだ。

「僕は、上司からあなたのサポートをするように指示されましたから、それについては努力します。ですが、弟は受験を控えていて、今は大切な時期なんです。僕には彼を一人前の大人に育てるという義務があります。どうか、彼を巻き込まないでください」

虎太郎は両手をつき、深く頭を下げた。

土下座ともいえる体勢だったが、それを不愉快には思わなかった。

ただ、獅央まで巻き込んでほしくない。それだけなのだ。

「兄ちゃん、そんなことしなくていいよ」

獅央は首を振って、虎太郎を起こそうとする。しかし、虎太郎は頑として、頭を下げ続けていた。

ややあって、ふぅ、とハリムがため息をついた。

「なにが問題なのかはわからないが、勉強が必要だというのなら、特別な教師を用意してもいいぞ？　森だか林だかという教師とか」

「いいえ。ですから、弟には関わらないでください」

「そ、そーだ！　別に、お前の助けなんかいらないからなっ」

両腕を組んで、ふんっと獅央が胸をはる。

ハリムは小首を傾げ、「わかった」と鷹揚に頷いてみせた。それから。

「他には、なにか願いはあるのか？　あるなら、なんでも言ってみろ」

「……それから」

虎太郎は顔をあげ、言葉を続けた。

「お金や権力で、心までも好きにできるとは思わないでください」

その声はいつも通り淡々としていたが、いつになく強い口調だった。

メガネの下の褐色の瞳が、ぎらりと野性味を帯びて鮮やかに光る。口元には、わずかに牙《きば》が覗き見えていた。

どんなに虎太郎が日頃頼りなく、おとなしく見えようとも、その身の内には虎の野性が隠れているとたしかに感じさせる表情だった。

「兄ちゃん……」

虎太郎のただならぬ様子に、獅央の声が上擦る。

「……なるほど。わかったよ、ガミール・ネムル」

だが、ひとつも怯《ひる》んだ様子もなく、ハリムは肩をすくめて楽しげに微笑むばかりだった。

――手強い獣ほど、躾《しつ》け甲斐《がい》がある、とでもいうように。

「それで、どうなってるわけ？」

「忙しいです」

パソコン画面から目を離さないまま、虎太郎は答えた。両手はせわしなくキーボードを打ち続けている。

「お坊ちゃまのお相手は、そんなに大変かぁ」

「いえ、今忙しいので、後にしてください。ところで竹山さん、ここの合計金額が違いますが」

「ああ、よきにはからえ」

竹山は悪びれもせずにそう答え、ボールペンを扇に見立てて口元にあてている。

「わかりました」

いつものことといえばそうなので、かまうことなく虎太郎は仕事を続ける。久しぶりに自分のデスクに戻って、自分の仕事に没頭できるのがありがたかった。

「山里さん。予算委員会のレポート案、まとめできました。確認をお願いします」

プリントアウトした書類の束を、山里のデスクに提出する。

「ありがとう」

受け取った山里が素早く目を通す。その返答を待っている虎太郎の背後に、竹山が隙を見逃さずに忍び寄ってきていた。

「だーかーら、王子とここんとこなにしてたの？　女子高生とパーティとかしちゃったわけか!?　だったら俺をなんで呼ばない!!」

「していませんし、ハリムさんは王子ではありませんが」

「しないの？　どうして」

「…………」

価値観の違いはこの人とも存在する、と思いながら、虎太郎は黙殺しようとした。ところが。

「問題ないわ。ところで」

「はい」

「私も、報告として聞きたいわ。ハリムさんに同行して、どうだったの？」

「……はぁ」

竹山の下世話な詮索《せんさく》に対しては返答の必要性を一切合切感じないが、山里に穏やかに尋ねられては答えないわけにもいかない。たしかに、職務である以上、上司には報告の義務もある。

「二日前は、ハリムさんの希望で河口《かわぐち》湖近くの遊園地に行きました」

「遊園地？　ってことは、女連れで？」

「いえ。私と、護衛の方を連れてです」

竹山が信じられない、と表情をこわばらせた。

「河口湖近くってことは、絶叫系のアレだろ？　男だけで行ってどうするんだよ！　罰ゲームか!!」

「僕が驚く顔が見たかったようです」

「楽しかった？」

山里が母親のように目を細めて聞くと、虎太郎は懐から、一枚の写真を取り出した。ハリムとジェットコースターに乗っている写真だ。両手をあげて楽しげに笑うハリムと、その横でいつもとなにひとつ変わらない表情の虎太郎が並んで映っている。

「……さすが虎太郎ちゃん、ゆるぎねーな。新手のコラかと思うぜ」

「はぁ」

怖くないと言ったら嘘になるが、事前にイメトレを入念に行っていったおかげで、耳と尻尾を出すような醜態を晒すことなく済んだ。

「他に写真ないの？」

「瀧さんが何枚か撮ってくださったようで、ネットにあるそうです。僕は見方がよくわからないんですが」

渡されたメモを出すと、竹山がひったくるように奪い取り、さっそく自分のスマホでアクセスした。

ずらっと並んだ、男二人の遊園地写真。メリーゴーラウンドやら、ティーカップやら、キャラモノと一緒の写真もある。が、どれも一様に……。

「虎太郎ちゃん、コピペかっつーくらい、どれも同じ顔だな……」

竹山がいっそ感心したように唸《うな》った。

「そうですね」

自分でもそう思う。

つまらなそうな真顔。

それしかできないのだから、仕方がない。

「あれ？　こっちの写真は？」

スクロールしていった先の、背景が変わったあたりを竹山が指さす。

「それは、富士山の五合目です」

「……これは？」

「温泉施設ですね」

「このへんは」

「それは食事で、そっちは買い物しているときです」

「デートかよ‼　しっぽり小旅行か‼」

「すみません、そういえばお土産《みやげ》を買ってきていませんでした」

「いらねーよ！」

そう突っ込みつつ、竹山はため息をついた。

「けどまぁ、虎太郎ちゃんはつまんなそーだなぁ。なんか、感動とかなかったわけ？」

「……景色は綺麗でしたよ」

「ひとつもそういう顔してないだろが！」

「まぁいいじゃない。赤江くんにとっては、仕事なんだから。真面目にお相手したようで、お疲れ様」

「いえ」

山里にそう答え、虎太郎は軽く会釈をして席に戻った。

つまらなかったとは言わない。

けれども、楽しまないようにはしていた。どんなときも、そうであるように。

（どうせ、僕がそれこそ尻尾を出すのを待ってるんだろうからな。あの人は）

虎太郎が驚いて変身するのを期待してるのはバレバレのチョイスだった。

だが生憎《あいにく》と、心のガードをさらに強化した虎太郎にとっては、あれくらいで心を乱すことはない。

それに。

（……どうせそのうち、嫌になる）

虎太郎には、よくわかっていた。

だって、いつもそうだったから。


『お前がいると、空気がしらけんだよ』

『一緒にいて楽しくないんだったら、やめよう』

『つまんない』

『仏頂面でメシ食われてると、こっちまで不味《まず》くなる』


ともに時間を過ごした人は、いつもそう言って離れていった。

だから、虎太郎には友達がいない。

一緒に笑って、一緒に泣いて、ともに喜ぶようなことはできないのだから、仕方がない。

とっくに、そう諦めていた。

ハリムにしても、竹山の言う通り小旅行を一緒に過ごして、それでも一切表情を変えないままだった虎太郎に、やはり落胆しているようだった。

口に出しては不満を漏らさなかったが、まれに眉間に皺を寄せていることには、虎太郎は気づいている。

（それで、別に、かまわないし）

平穏が取り戻せるなら、それでかまわない。

また獅央と二人、静かに暮らしていければそれで十分だ。


「赤江くん」

再び仕事に没頭していた虎太郎は、山里の声に顔をあげた。

「はい、なんでしょう」

「瀧さんという方から、お電話よ」

「……はい、わかりました。かわります」

瀧からということは、イコールハリムからの連絡ということだろう。

今日は真面目に講義に出席すると聞いていたが、もう飽きたとでもいうのか。

訝りながら、虎太郎はデスクの受話器を手にした。

「お電話かわりました。赤江です」

『お疲れ様です。瀧です』

「……お疲れ様です」

『本日の夜のお食事についてですが、お迎えにあがりますので、ご自宅で七時にお待ちください。獅央さんは、予備校で遅くなる日ですよね？』

相変わらず、瀧はどこで勝手に人の予定を調べているのだろう。がっちり弟のスケジュールまで把握されていることに不快感はあるが、秘密を握られている虎太郎は頷くほかにない。むしろ。

「僕と、まだ食事したいんですか」

『ええ、是非にと』

それは、正直に意外だった。

獅央以外の他人が、二回以上自分と対面で食事したがったことなどないのだ。

「わかりました。では、七時に」

『よろしくお願いいたします』

瀧からの電話は、それで切れた。

(七時、か)

さて、今度はどんな手で、自分を驚かせようというのだろう。

そう簡単には、動揺なぞしてやるものか。

決意を新たにしつつ、キーボードを叩く指先が先ほどより軽やかなものになっていることに、虎太郎自身、気づいてはいなかった。

夕食に招かれた場所は、どんと大きく張られた天幕だった。

サーカスのテントを思わせる、八角形にぐるりと立てられた白い布の壁に、同じく白い天井がとんがり帽子のようにかぶさっている。

あれから、周囲の建物があれよあれよという間になくなり、魔法のように作られた森のなか。ここだけは地面が砂地になっており、そこに天幕は建てられていた。

周囲にはかがり火が焚《た》かれ、夜だというのに煌々《こうこう》と周囲を明るく照らし出している。雰囲気としては、どこぞのテーマパークのようだ。

実際、今後はテーマパークのように、敷地内にいろいろな文化を取り入れた家を建てていく予定らしい。その中では、この天幕が一番完成が早かったというわけだ。

（僕の家の周りが、原寸サイズの○武ワールドスクエアみたいになったらどうしようなりかねないから怖いが、さすがにそこまではやらないだろう。……希望的観測として。

……）

「どうぞ」

天幕の壁の一部がめくれ上がって、入り口になっている。瀧はそこへ案内すると、自分は入ってはこなかった。

内部には絨毯《じゅうたん》が敷き詰められている。中央には囲炉裏《いろり》のように火が焚かれ、天井からつるされたランプと相まって、想像以上に明るい。

「……」

靴は脱ぐべきなんだろうか、と悩んでいると、「どちらでもいいぞ」と声がした。広間の一番奥で、山ほどのクッションにもたれかかり、ハリムがそこにいた。相変わらず白い長衣《カンドゥーラ》姿だが、今は頭巾《クトゥーラ》は脱いでいる。

「失礼します」

やはり絨毯を靴で踏むのは躊躇《ためら》われて、虎太郎は革靴を脱いで揃えると、ハリムの対角線上に正座した。

「隣に来ればいいだろう?」

「けっこうです」

またセクハラまがいのことをされてはたまったものではない。基本的に、虎太郎は距離をつめないよう心がけている。しかもこんな二人っきりでは、なおさら安心はできない。

まだまだ警戒を緩めない虎太郎にハリムは肩をすくめ、それならばと自分のほうが移動してきた。

「………」

無言のまま、ずりずりと虎太郎がまた離れる。ハリムが膝で近寄る。虎太郎が離れる。しばし無言のおっかけっこが続き、そのまま囲炉裏周りを一回りしようというところで、ハリムが可笑《おか》しそうに笑った。

「わかったよ。このままじゃ食事にならない」

ハリムが手を叩くと、それが合図だったらしく、次々と大皿の料理が運ばれてきた。鶏もも肉のロースト、トマトとナスの煮込み、羊らしき串《くし》焼き肉、エビのグリル、グリーンサラダ、豆のコロッケ、サフランで色づけされたピラフ……等々。どれもスパイシーな美味《おい》しそうな香りを漂わせ、温かな湯気をたてていた。

（残ったら、詰めて持って帰ってもいいんだろうか）

どうせなら獅央にも食べさせてやりたい、と虎太郎はつい思う。

「どうぞ」

虎太郎の前に用意された金属製のコップに、なみなみと葡萄《ぶどう》色の液体が注がれる。虎太郎は、わりと酒に強いほうだ。今まであまり量を飲んだことがないせいもあるが、酔ったという経験は一度もない。

「では、素晴らしい夜に。乾杯」

「……いただきます」

盃を軽く掲げ、ハリムが美味そうにワインを飲む。虎太郎も少しばかり口をつけた。渋すぎず、香りは芳醇《ほうじゅん》で飲みやすい。あまりワインを飲んだことはないが、おそらく上等なものなのだろうなとは想像がついた。

「さぁ、どんどん食べてくれ」

「その前に、ハリムさん」

「なんだ？」

グラスを片手に、ハリムが答える。

「先ほどのプレゼントは、お返ししますから」

「どうして。返されても困る。あれはガミール・ネムルのものだ」

「それはそうでしょうが」

先ほど、迎えに来た瀧から手渡されたプレゼントは、オーダーメイドのスーツだった。

先日の買い物のとき、洋服をあげるという申し出は丁重かつ頑固に断ったはずだったが、いつの間にやら採寸をされていたらしい。

いや、だが、オーダーメイドの理由はサイズだけではない。特注品だという言葉に嫌な予感を覚えて確認したところ、はたして虎太郎の予想通りだった。

「ボトムに穴があいた服を着る趣味はありません」

スーツのパンツの尻部分《しり》が、布が重なるようにだけ加工され、スリットが入っていたのだ。ようするに、いつでも尻尾が出せる、というわけだ。

「便利だと思ったんだが」

「そろそろ諦めてください。あなたが見たのはたまたま、滅多にない事故だっただけです。そう簡単に、耳も尻尾も出しません。ですから、あの服も不要です」

素っ気なく虎太郎は告げるが、ハリムはただ微笑んでいるだけだ。

「なんですか」

「いや、まぁいい。さぁ、食べよう。せっかくの料理が冷めてしまうぞ」

「……はい」

促され、虎太郎は箸《はし》を手に取った。それから、（あれ？）と気づく。見ればハリムはフォークとナイフだ。どうも虎太郎の分だけ、箸を用意してくれていたらしい。

あの服といい、気が利くといえばそうなのかもしれない。とはいえ、心を許せるわけではないが。

食事はどれも美味だった。もともと、虎太郎にあまり好き嫌いがないせいもある。ただ、黙ってもそもそと料理を口に運び続けていた。

途中ではギターの演奏があったり、それにあわせてダンサーがベリーダンスを披露したりと、会話はろくになくとも間はもった。

デザートのヨーグルトと果物、それと濃いコーヒーを飲む頃には、また天幕のなかは二人きりになっていた。

ランプの光もいつの間にか弱められ、都会とは思えないほど静かで穏やかな空間だ。

「ところで、ガミール・ネムルは動物は好きか？」

不意に、ハリムが尋ねる。

「好きですが、動物は僕を避けますから」

嘘をつく必要もないので、正直に虎太郎は答える。

「そういえば、そんなことを言っていたな」

小旅行のとき、動物園という提案もあったが、虎太郎が断ったのをハリムは覚えていた。

虎太郎にしてみれば、動物が好きだからこそ、目の前で口から泡を吹いて怯える姿など見たいものでもない。幼稚園の遠足で初めて動物園に行ったときの阿鼻叫喚は、ちょっとしたトラウマになるレベルだった。

「すると、羊も贈れないな」

「そもそもいらないです。だいたい、なんで羊なんですか」

「俺の国では、贈り物といえば羊の群れか馬と相場が決まっている」

「どちらにせよいりません」

心からそう答えると、ハリムは口元に手をやり、珍しい苦笑を浮かべる。

「では、諦めるか。……ガミール・ネムルに喜んでほしいだけなのだが、難しいな」

「…………」

そんなことを言われても、だ。

こいつの目的は、それによって耳と尻尾が出る姿が見たいだけなんだと、虎太郎は自分自身に言い聞かせる。

「なぁ。教えてくれないか。どんなものなら喜ぶんだ？」

「…………手作りのものとか」

咄嗟《とっさ》にそう答えたのは、単なる口から出任せだった。

一番相手が困りそうなものといって、思いついただけだ。どうせハリムのことだから、自分でなにかを手作りしたことなどないだろう。

「どうせなら、手作りの指輪がいいです」

ついでにさらにハードルをあげておく。虎太郎自身も経験はないから予測にすぎないが、ネックレスや腕輪よりも、指輪のほうが面倒なはずだ。

「なんでそんなものを？」

ハリムは完全に意表を突かれたようで、長い睫毛を揺らして目を瞬《しばた》かせている。

「うちの一族は代々、親しくなりたい相手には手作りのものを渡すしきたりなんです」

当然でっちあげの大嘘である。

「ふむ……」

そんなこと知るか、で一蹴《いっしゅう》されるかと思ったが、ハリムは案外真面目に悩んでいる。さすが、一族を大事にする地域柄だ。

これでなんとか、切り抜けられたか。そうほっとしたのが、失敗だった。

「それなら、サイズを見せてくれ」

「え？」

ハリムが立ち上がり、虎太郎の隣に座る。そのまま、カップにかけられていた虎太郎の右手をとった。

「細い指だな」

「……計る気ないでしょう」

「さぁ？」

ちゅ、っと。

持ち上げた虎太郎の手の甲に、柔らかなハリムの唇が触れた。

(わ…………ッ!!)

ぞくっと背筋に震えが走る。油断した。完全な油断だ。

「やめて、ください」

「いやだ」

先ほどまでの寛容さとは打って変わって、強引に抱き寄せられ、身動きがとれない。

ハリムの膝の間に横向きで抱きかかえられ、その顔が正面に迫る。

こうして至近距離になって初めて、その身にまとう香りに虎太郎は気づいた。

(香油とかいうやつ、かな)

花のような華やかさで、かつ甘すぎない爽やかな香りは、いかにもハリムらしい。

けれども今は、そんなことに感心している場合では全然なかった。

「ちょ、……あ、の」

虎太郎の髪や、こめかみ、薄い耳朶《みみたぶ》にも。啄《ついば》むようにハリムがキスを繰り返す。同時に、大きな手で頬や肩を撫でられ、さすがの虎太郎も反応してしまう。

能面のような顔にうっすら赤みがさし、眉が微かにたわむ。

心臓が激しく鼓動を打ち、息苦しいのだ。

（焦るな、落ち着け。取り乱したら、こいつの思うつぼだ）

そう必死に内心で繰り返すものの、ハリムは意外と力が強く、逃れようともがいてもその腕はびくともしない。

「あんまり暴れるな。怖くないから」

犬猫をあやすような口調で囁《ささや》きながら、ハリムが愛撫を続ける。

（…………）

虎太郎は、唇を嚙んだ。

いくらハリムが力が強いといっても、虎太郎が変身して本気で暴れれば、おそらくひとたまりもない。けれども、それは避けたかった。一つには、虎太郎自身、虎の身で本気で力をふるったことがないからだ。手加減の仕方も、どれくらい強いのかも、わからない。

この状況からは本気で逃れたいが、かといって、殺したくはない。これから先の人生すべてを棒に振るのはまっぴらごめんだ。

（でも、どうしよう。どうしたら……）

この動悸がおさまるのだろう。

「……ひ、ぁっ」

首筋を撫でられ、くすぐったい心地よさに思わず小さく声が漏れた。

さすが、大型動物を飼い慣れているだけあって、ハリムの指の動きは的確だった。そこ、と思う場所を確実に撫でてくる。どうしても、次第に力が抜けてしまう。

「……は……」

うっとりと目を閉じそうになるのを堪え、虎太郎が苦しげに息をつく。

その様は、不思議と色気が滲《にじ》んでいた。

「…………いい子だ」

おとなしくなってきたのを見計らい、ハリムは虎太郎の顎を捉《とら》えると、軽く持ち上げ、唇を重ねた。

「ん、………ッ」

柔らかな唇が、押し包むように虎太郎のそれを包み込む。軽く触れて、離れて、もう一度。あやすように、慣らすように。だんだんと、重なる時間が長くなる。

「可愛いな、本当に。良い子だ」

ハリムの濡れた舌が、虎太郎の薄い唇を舐《な》める。薄く開いたその隙間から、やがてその舌先は内側にまで入り込んできた。

「や、……ん、……ッ」

動揺を必死に押し殺す虎太郎の舌を、付け根がびりりと痛むほど強く吸い上げ、ハリムの舌が絡め取る。息までも奪われそうな激しいキスに、頭の芯《しん》が痺《しび》れる。

歯列やその裏までも、虎太郎の口中を征服するような激しさで貪《むさぼ》るハリムは、彼のほうがよほど獣のようだった。

「は……ぁ、……、……っ」

翻弄《ほんろう》されて、息も絶え絶えに、虎太郎は喘《あえ》ぐことしかできない。その間にも、ハリムの手は虎太郎の身体《からだ》の弱い箇所を探るように、ねっとりと這《は》い回っていた。薄いシャツの上からでもわかるほど熱い大きな手のひらに撫でられると、そこからじんわりと肌もまた熱を帯びるようで。

（も……や、だ……あたま……ぼーっと、する……）

酸欠と、経験のない快感が虎太郎を追い詰める。

唇はいまだ解放されていない。開きっぱなしの口元は混ざりあった唾液《だえき》に濡れ、ちゅくちゅくと卑猥《ひわい》な音が舌が蠢《うごめ》くたびに響いた。その音がまた、虎太郎の羞恥《しゅうち》を煽《あお》る。

でも、まだ、ぎりぎり、我慢はできていた。そのときまでは。

「……ふ……ぁ……」

ようやくキスをやめて、ハリムはじっと虎太郎の顔を見つめながら、その髪を撫でた。

まだ変化は起こっていないことを確認しているのだろう。

「先日はキスだけで限界だったのに、もう足りなくなったか？　欲張りだな」

「ち、が」

舌が痺れて、まだうまく話せない。

ただ、別に、もっとしてほしいだなんてそんなつもりはない。絶対ない。

ない、けれども。

「別にかまわないぞ？　いくらでもしてやる」

「ぁ、ッ！」

首筋を舌で舐め、唇が柔くそこを食《は》む。ただでさえ弱い箇所を愛撫されて、ぞくぞくと全身に震えが走った。

「……や、め……も、……や、だ」

つらい。

苦しい。

必死で堪えている心が、壊れそうだ。

もはやポーカーフェイスは完全に崩れつつあった。頬を上気させ、涙目で顔をしかめて、虎太郎はそう哀願する。

「いやだ」

しかし、再度ハリムは、それを断る。

いや、むしろ。そんな顔で、やめてくれる男なぞいるわけがない。

そして。

「自由になれ、ガミール・ネムル」

(じ……ゆう……?)

どういうことだろう、と霞《かす》みがかった頭のなかで考えたときだった。

「ぁ、…!!」

下半身。それも、身体の中心をまさぐられ、一気に血液が沸騰する。

しかもそこはハリムの愛撫に硬く反応していた。そのことを自覚すると同時に、ハリムに知られてしまったことに、ついに虎太郎の忍耐の糸が、切れた。

「ゃ、だ、………ッ!!」

押しとどめていた耳と尻尾が、ぽんっと飛び出す。同時に、虎太郎の身体の理性のタガも外れてしまった。

「や……や……っ」

嫌々と首を振るが、ソレはハリムの手に握られ、やわやわと与えられる刺激にどんどん反応してしまう。あげくに……。

「……？　ガミール・ネムルは、喉《のど》も鳴るのか」

「ち、が……しら、な……ぁ……っ」

ごろごろ、と。

低く微かに聞こえる音は、たしかに虎太郎自身が喉を鳴らす音だった。

「虎というより、ネコに近いのかな？　ますます不思議で、魅力的だ」

興味深げに呟き、喉を撫で上げて上を向かせると、またハリムがキスをする。

「ん、く……ぅ、……」

上からも下からもこみ上げてくる快感に、喉を鳴らし尻尾をくねらせて、虎太郎は喘ぐ。

伏せられた耳は時折ぴくぴくと震え、感じていることを否が応でも知らせてしまう。

(恥ずかし、い……こん、な……っ)

いつだって、感情は知られないようにしてきた。

隠して、殺して。いつも冷静にいられるように。

だから、こんなふうに――。

無理やりに引きずり出されて、感じているそのままを他人に見せるなんてことは初めてで、恥ずかしくて。

なのに。

一度流れ出た水が容易にはせき止められないように、溢《あふ》れ出した快感はブレーキがきかない。

いつの間にか着衣も乱され、剝《む》き出しになった雄芯を直《じか》にハリムの手が嬲《なぶ》る。強弱をつけて握られ、上下に扱《しご》かれて、赤く膨れあがった先端からは透明な蜜《みつ》が滲み出していた。それがますます手の滑りをよくし、くちゅくちゅといやらしい音が虎太郎の喘ぎに混じって響いていた。

膝を閉じることも忘れた足は、時折びくびくと快感に痙攣《けいれん》を繰り返す。

「もっと感じていい。素敵だ、ガミール・ネムル」

ふわふわの耳にハリムが頬ずりすると、またひときわ甘い声をあげ、虎太郎は肩を揺らした。

もう、どこを触られても、気持ちがよすぎて。

「ん…っ、は……ぁ……、あッ」

濡れた窪《くぼ》みを指先で弄られ、背筋を突き上げる強い刺激に虎太郎が嬌声《きょうせい》をあげる。

「だ、め、……そ、ぇ……ぁ、で、ちゃ……、や……ぁ…ッ」

「出していい。全部、俺に見せてみろ」

「や、ぁ、あっ」

ますます激しく、搾り取られるように扱かれて、瞼《まぶた》の裏が真っ白になる。

身体の中に溜《た》まっていた快感が、一カ所に向かって迸《ほとばし》る。

日頃の無表情からは想像がつかないほどの、色づき乱れた表情を浮かべ、虎太郎は声をあげてハリムの腕の中で絶頂を極めていた。

「だ、め、ぁ、あ、あっ」

ハリムの腕にしがみつき、他人の手によってもたらされる絶頂に怯えながら、二度、三度と腰を震わせ、白い蜜を吐き出し続ける。そのたびに、目が眩《くら》むほどの快楽が突き上げてくる。

こんなことは、初めてで。

快感だけじゃない。性器を触れられたのも、イかされるのも。

大声をあげて縋《すが》りつくのも、恥ずかしげに喉を鳴らすのも、それから……。

「可愛い。本当に、可愛いな」

こんなふうに。

抱きしめられて、甘やかされる、のも。

「…………」

こみ上げた感情は、虎太郎にも名前がつけられないものだった。

羞恥、混乱、怒り、虚脱、驚愕《きょうがく》……悦楽？

ただひとつはっきりしていたのは、それが涙になって、虎太郎の瞳からぼろぼろと零れ落ちたことだった。

「え……」

泣くこともまた、どれだけぶりだろう。

虎太郎はメガネを外し、あわてて目元を拭《ぬぐ》った。

「どうした？　大丈夫だぞ」

「ち、が……こんな、の、……こん、な」

どうしてか、涙が止まらない。

感情が止めることができない。

ひっく、と喉を鳴らした虎太郎の頭を、ハリムの手が撫でる。

だがその手を振り払い、虎太郎は乱れた着衣を前にかき集めるようにして、背中を丸めて跳ねるように立ち上がった。

怖かった。

このままじゃ、どんどん、自分が知らない自分になる。壊されてしまう。

それだけははっきりとわかって。

虎太郎は混乱のなか、夢中で走り出していた。その脚力はやはり人間離れしたもので、あっという間に、その後ろ姿は闇《やみ》の森のなかに消えたのだった。


「お怪我はありませんか？」

虎太郎と入れ替わりに天幕に入ってきた瀧が、万事了解済みといった態《てい》で尋ねる。

「ないよ。良い子だからね」

「それならばようございました。どうぞ」

水差しとタライを用意して、ハリムの手を洗う。おろしたての柔らかなタオルで手を拭い、ハリムはふふっと思い出し笑いをする。

「少し、やりすぎてしまったかな」

とはいえ、止められなかったのはハリムも同じことだった。

まさかあそこまで可愛らしい反応をされるとは。

少しばかりからかって、耳と尻尾が見られればそれでいいつもりだったが、興が乗ったというべきか。

「いえ。失礼ですが、ハリム様はお優しすぎるくらいかと」

「そうかな」

「ええ。僭越《せんえつ》ですが、私でしたら、まずなによりも先に自分が主《あるじ》と教え込みます」

瀧は柔らかに微笑みながら、恐ろしげなことを平然と口にする。

「犬ならばそれでもよいが、猫科というのはそういうわけにはいかないからな」

「そうなのですか？」

「ああ。あれは自分が主を選ぶ生き物だ。こちらが敵意がないことと、それだけの器であることを示さねば懐かない。だから、時間もかかる。……それが可愛いのだがな」

ふふっとハリムは目を細めた。

今までそうやって、ハリムは可愛い虎たちを懐かせてきたのだ。

故郷の家で待っているだろう子たちのことを思い出し、少しばかり懐かしくなる。

「そういえば、ハリム様」

「なんだ？」

「ご依頼の件、先ほど政府より連絡がありました。数日中には、こちらにお届けできるかと存じます」

「そうか！　よかった!!」

立ち上がり、ハリムは両手を広げて喜んだ。

「届いたら、ガミール・ネムルに会わせてやりたいな」

「では、そのように手配いたします」

「頼んだぞ」

瀧の敏腕さには信用がおける。ハリムは満足げに頷くと、虎太郎が立ち去った天幕のむこうを見やった。

「早くあの虎も、俺に懐けばいいのだがな」

泣き顔も可愛らしかった。もっと他の表情も見せればいい。

どのみちいつかはすべて自分のものにするつもりだが……。


かつてほどの勢いは失ったとはいえ、まだまだ日本の技術力は高い。ただ、その自由な発想力と想像力を現実にするのに、社会構造が硬すぎるとハリムは思っている。だがむしろ、だからこそ、投資するにふさわしい。いずれはそのどれかが、金のタマゴを産むガチョウになるかもしれないのだから。

そんな思惑で決めた日本留学だったけれども、まさかそれよりもずっと、興味深いものに出会うとは思ってもみなかった。

これも、日頃の行いが良いからだろう。

神はきちんと見ていてくださるものだ。

ただ、問題は。

見つけた肝心の子は、いまだ心を開いてはくれない。その笑顔すら、見たことがない。むしろ今は、彼を笑わせるための金のガチョウを探さねばならないのかもしれない。あるいは、のろしでもあげて諸侯を集めるか？

「……やれやれ」

小さく呟き、ハリムは苦笑した。

何かを手に入れるために、こんなに手を焼くのは初めてだ。金も、権力も、大概のものは最初から備わっていたのだから。おまけにハリムは外見も良いし、頭もそこそこ良いわけで、これまで苦労というようなものとは一切無縁で育ってきた。

虎太郎がハリムと出会って、初めて感じることばかりなのと同じように。実はハリムにしても、虎太郎に対して初めての努力を強いられている。

だがそれも、仕方がないとハリムは納得していた。

なにしろ、世界でたった一匹の、心を閉ざした可愛い虎の子のためだ。

どうしても、欲しい。

ならば、手に入れるには、多少の慣れない努力もしよう。

そしてそれすらも、ハリムにとっては、なかなかに愉快なことだったのだ。

それから、三日後。

虎太郎は、学校へと向かっていた。

あの翌日から二日間、まるまる仕事は休んだ。体調不良と連絡したけれども、実質的にはずる休みだ。

年休はたんまり残っていたし、山里はあっさりと許してくれた。

——どうしても、外に行きたくなかった。何回か瀧が呼び出しに来たが、それも断った。

理由は簡単なことだ。あんなことの後で、さすがの虎太郎も、平気な顔でハリムに会えるわけがない。

あの後、家に飛び込んでから、虎太郎はしばらく玄関先にへたりこんで動くこともできなかった。

服はめちゃくちゃだし、耳と尻尾は出たままだし。家までの敷地がすべてハリムの私有地で、他に誰も人がいなかったからよかったようなものの、とんでもない失態だ。

家のなかは真っ暗で、獅央はまだ予備校のようだ。助かった、と虎太郎は安堵《あんど》する。こんな姿を見られたら、獅央のことだ、本気でハリムを殺しに行きかねない。

（ああ、もう……記憶を消してしまいたい。っていうか、あいつの記憶も消したい！）

シャワーを浴びている間も、虎太郎は蘇《よみがえ》る記憶に幾度も頭を抱えて身悶《みもだ》えた。

本当に恥ずかしくて、苦しくて。

いくら石けんを泡立てて身体を流しても、まだ、ハリムのあの匂いが自分に染みついている気がした。

（最低だ……）

おまけに、泣いてしまうなんて。

（……もう、忘れよう。それがいい。そうするしかない）

自己嫌悪にどっぷりと浸りながら、虎太郎はそう心に決めた。

だが、やはりダメージはすさまじく、結局二日間、引きこもってしまったわけだが……。

「兄ちゃん、もう少し休んでたほうがいいよ。そしたら、あいつにも会わないで済むんでしょ」

「そうだけど、でもずる休みし続けるわけにもいかないから」

「ずる休みじゃないって。必要な休みだよ」

駅までの道を、ぱんぱんの紙袋を両手に提げて歩きながら、獅央は終始虎太郎の心配をしていた。

もちろんなにがあったかは話していないが、獅央だって、どうせハリムの絡んでいることだろうと察しはつく。

真面目なこと岩のごとし、という虎太郎が二日も閉じこもってひたすらバーチャルペットを可愛がっているなどという状態は初めてで、獅央もこの二日間、気が気ではなかったのだ。

「ねぇ、兄ちゃん。ほんとにあの夜、なにがあったの？」

仕事に行く気になったのは喜ばしいが、根本的解決になっていないなら意味がない。獅央は、ぐっと顔を近づけて、兄に尋ねた。

「……なんでもないって。ただ、食事しただけ」

「嘘でしょ」

「嘘じゃない」

淡々と答える虎太郎の表情は、いつものポーカーフェイスに完全に戻っている。けれども、獅央にはわかる。虎太郎は、嘘をついている。

そんなことは、今までなかった。たった二人の兄弟だ。どんなことだって、正直に打ち明けて暮らしてきたのに。

虎太郎にまとわりつく奴は、すべからく獅央の敵だ。単なるブラコンの独占欲というだけではなく、虎太郎の秘密を知られてはならないし、なおかつ、過去の経験から見てもそうだった。親切そうに近づいてきたくせに、虎太郎の無表情さに勝手に嫌気がさして、裏切られたと虎太郎を傷つけて離れていった人間がどれだけいたことか。ハリムだって、遠からずそうなると獅央には思えた。

今は物珍しさでかまっているだけのくせに。自分たちをひっかき回さないでほしい。

「っとに、疫病神だよ、アイツ」

「アイツ?」

「ハリムとかゆーの以外にいないだろ!　あと、瀧とかいう、笑ってるけど不気味な奴!」

まぁ、不気味というのは否定しにくいな…と虎太郎も思う。

「ほんと、馬鹿じゃねーの。花とかチョコレートとか、こんなにどうしろっていうんだよ」

そう言いながら、手にした紙袋を獅央が揺らす。中身はチョコレートやらマカロンやらキャンディやらといったお菓子でいっぱいだ。どれも、ハリムが見舞いだといって寄越した代物だった。

甘い物が嫌いなわけじゃないが、さすがに四畳半を圧迫する量の花と菓子となると話は別だ。仕方なく、獅央が学校で配ることにして、昨日も今日も紙袋を提げて登校している。同級生には、大感謝されているらしいが……。

虎太郎も一応、休んだお詫《わ》びも兼ねて鞄《かばん》に入れてある。ハリムがくれたということは、死んでも言うつもりはないが。

「それにさ、今まではバスがあったのに、この距離歩いていかなきゃならないし。ホントに、アイツのやることなすこと、ろくでもないよ」

広大な公園か森のなかのような小径《こみち》を歩くのが、今の二人の通勤・通学路だ。車を用意させるとは言われたが、獅央は絶対に嫌だと突っぱねていた。

「自転車でも買おうか」

「あ、俺あれがいいな。スポーツ自転車。かっこいいの」

「だめ。買い物にも使いたいから、カゴがないと」

「ちぇ」

唇を尖らせつつも、獅央の目元がようやく和らいだ。

「ね、兄ちゃん。それより俺、推薦決まったら、免許とるからさ。そしたら中古でいいから車買おうよ。俺が兄ちゃんを送ってあげる」

「そうか。それもいいな」

「でしょ！」

楽しげな未来を想像して、ぴょんっと獅央はその場で軽く跳ねてみせた。

そんな幼い仕草に、虎太郎の心もいくらか和む。

（獅央がいて、よかった）

一人なら、もっとどうしていいかわからなかったろう。

「獅央」

「なに？」

「大丈夫。お前のために、頑張るから」

「……ありがとね、兄ちゃん」

虎太郎の決意に、獅央は眩しいように目を細め、笑っていた。


職場について、すぐに違和感に気づいた。

清潔にはしてあるが、どこか埃《ほこり》っぽい古びた感じの学生課が、まるでショールームのようにぴっかぴかになっている。

　だましだまし使っていた旧式のパソコンも、新型のノートに変わっている。電話やらテーブルやら、椅子《いす》もだ。以前はなかった観葉植物だとかお洒落《しゃれ》っぽいものまで増えていて、虎太郎は唖然《あぜん》とした。

「お、おはよー虎太郎ちゃん！」

　竹山はデスクで優雅にコーヒーブレイク中だ。ご機嫌で「やー、やっぱり淹《い》れたてのコーヒーは違うねぇ」と違いのわかるようなことをぬかしつつ、新品のカップで香りを楽しんでいる。

「……どうしたんですか、これ。というか、全部ですけど」

「お？　お？　さすがの虎太郎ちゃんも驚いたか!?」

「ええ、まぁ」

「だったらもう少し驚いた顔しろよ。メガネずり落ちるとか」

「それは無理です」

　それなりに驚いてはいる。顔に出ないだけだ。

「ハリムさんからのご寄付よ。辞退は申し上げたんだけど……」

　山里の説明に、（やっぱりか）と内心で虎太郎は呟いた。他にこんなことするような奴がいるわけもない。

「いーじゃないっすか。余ってるところからいただくのはワルイコトでもなんでもないっすよ。ほら、虎太郎ちゃんもコーヒー飲むか？　飲むだろ？　おー、そうしよう！」

強引にコーヒーをすすめるのは、これまた新型のコーヒーマシンを竹山が使いたいだけらしい。子供か。

「すみません、ご迷惑をおかけしました。あの、これ、お詫びというわけではないんですが……」

そんな竹山を無視して、虎太郎は山里の前に行くと、菓子の箱を差し出して深々と頭を下げた。

「あら、いいのに。それより、ゆっくり休めた？」

「はい。ありがとうございます」

「赤江くんはいつも頑張りすぎだから」

「そんな……恐縮です」

自分では、そんなつもりはない。ただ他に、とくにしたいこともないから仕事をしているだけだ。それをこんなふうに褒められても、なんだかかえって申し訳ない気持ちだった。

「あの、ところで、書類はどうなったんですか」

「それはなー！　この棚に綺麗にしまわれているのだ！」

えっへん、となぜか竹山が胸をはる。もともと壁はぎっしり書類のつまった棚だったが、それが機能的な作り付けの二重収納になっていた。普段は扉で隠れているが、どこになにがあるかは、テープに書いた表示ですぐわかるようになっている。

「瀧さんですっけ。すごい指示が的確でね、あっという間に片付けていったの」

「大丈夫ですか？　不具合とかは」

「全然ないな。むしろより機能的になった！　いつの間にか古い書類も溜まっててなぁ」

「……だからもとから、保存期間を過ぎた書類は整理しましょうって言ってましたよね、僕」

「あーあー聞こえないー」

竹山が両耳を押さえて聞こえないふりをする。

「たしかに、毎日の職務に追われてしまって、整理整頓《せいとん》はおろそかになってたかもね。今後は維持できるように頑張りましょうか」

「そうですね」

山里に頷き、虎太郎はデスクに戻った。そして、また絶句した。

「あの……」

「ああ、それは虎太郎ちゃん特別仕様だってよ」

早速もぐもぐとチョコレートを頰張りつつ、竹山が言う。

デスクそのものは普通の事務机で、机上にはクリアマットが敷いてあるのだが、そのテーブルとマットの間に、先日の旅行でのハリムと自分とのツーショット写真がびっしりとはさまっていた。見れば、ハリムの爽やかな笑みを浮かべた写真までも、ゴールドのハート型写真立てに入って机に飾ってあったりする。

「…………」

虎太郎は無言のままデスクマットを外すと、飾られていた写真を片っ端からゴミ箱に叩き込む。

「虎太郎ちゃん、ひどい。王子様の生写真なのに」

「仕事の邪魔です。あと、ハリムさんは王子じゃありませんから」

写真立ても同じように捨てようとして、その手が止まった。

単純に、これは分別しないとマズイな、と思っただけだが。

（……後でいいな）

これ以上こんなアホなことにかかずらっているほうが、時間がもったいない。そう判断し、ひとまず虎太郎は、写真立てを鞄の中にぽいと乱雑な手つきで放り込む。

そんな扱いでも、写真のハリムはいたって余裕の笑みを浮かべていた。

「まー、落ち着いて。はい、コーヒー♪」

「……どうも」

竹山に差し出されたコーヒーと、書類の束。どうやらこの数日、結局終わっていなかったもののようだ。

無言のままそれを受け取り、虎太郎はコーヒーを一口飲んだ。

苦みも酸味も、ちょうどいいバランスの、香りの高いコーヒー。いつものインスタントとは、やはりひと味違う。

ＰＣの起動も動作も速く、書類も片付いているため、実際作業効率は確実にあがったようだった。

癪《しゃく》だが、ハリムのおかげと言わざるを得ない。

（いやでも、実際やったのは瀧さんだから、瀧さんにはお礼を言おう）

虎太郎はそう思いながら、コーヒーを飲み干し、仕事に集中しはじめた。

夕方。ハリムからの呼び出しはなく、幸い仕事がある程度片付いたところで、見計らったように連絡が来た。

（もしかしたら、片付けたついでにカメラのひとつも設置していったんじゃないだろうか）

瀧の場合、洒落にならない。

「電話代わりました。赤江です」

『いやですね。カメラなんてしかけてませんよ』

朗らかな調子で瀧に言われ、「人の考えを読まないでください」と虎太郎が返す。

つくづく不気味な人だ。直接聞いたことはないが、好きな言葉はおそらく『権謀術数』に違いない。

『どちらかといえば、赤江さんがわかりやすすぎるだけでしょう』

「そうですか？」

そんなこと、今まで人に言われたことがない。『なにを考えてるかわからない』なら、ギネス記録をとれそうなほど言われているが。

『まぁ今はそんなことよりも、……お時間をいただきたいので、これから八分二十秒後にお迎えにあがりますので。ご用意ください』

「わかりました」

拒否権がないのはわかりきっている。無駄な努力はしないほうだ。

（ああ、そうだ）

「あの、瀧さん」

『はい？』

通話を終えかけた瀧を、虎太郎はひきとめて口を開いた。

「……改装、ありがとうございました。使いやすくなり、助かっています」

すさまじく不本意ではあるが、事実は事実だ。すると、瀧はふっとまた笑って、

『それはよかったです。ハリム様にも、是非お伝えください』

それは嫌です、という言葉をぐっと飲み込み、「では」と虎太郎は通話を切った。

そりゃ、命令したのはハリムなのだろうが。どうしても素直に感謝の言葉など伝えたくない。

（あいつはやりたいことをやってるだけなんだろうし）

ハリムはいつもそうだ。

やりたいようにやって、感情のまま振る舞って。

こっちの都合などおかまいなしに。

『自由になれ』

不意に、あのとき囁かれたハリムの言葉を思い出した。

たしかに、まさにそんな感じだ。

自由。彼を一言で表すなら、そんな言葉がしっくりくる。

砂漠に吹く風のように、ハリムは自由だ。

……そう思うと、自分は正反対かもしれない。いや、でも。平穏で真面目な生活というものは、多かれ少なかれ不自由を甘受した上で成り立つものなはずだ。

誰もがあんなふうに自由に生きたら、それこそ世の中がめちゃくちゃになってしまう。自由なんてものはしょせん、ああいう立場に生まれた人間だからこその傲慢《ごうまん》な特権ってことだ。

そう結論をつけて、虎太郎は立ち上がった。もうまもなく、八分がたとうとしていた。


連れてこられたのは、敷地内にまた新しく完成したらしい、硝子《ガラス》でできた宮殿のような温室だった。生い茂る木々のなかで、緑を映してきらきらと光っている。つくづく、現実離れしている空間だ。

「かつてロンドンに建てられたクリスタル・パレスを再現してみました」

瀧が説明するが、虎太郎はそもそもそれを知らない。

「なんですか、それ」

「一八五一年に第一回万国博覧会の会場として、ロンドンのハイドパークに建てられたものです。その後移築されたものの、火事で焼失してしまいました」

「そうですか」

どっちにしろ、いかにも金持ちの道楽らしい建物だ。

やや呆れながら、虎太郎は瀧と別れ、温室のなかに入っていった。

若干気温が高く、湿度もあるが、不快なほどではない。高くとった天井の一部が開けられ、風通しも考えられているからだろう。夕方の柔らかな光のもと、温室のなかでは熱帯の植物が生き生きとその葉を伸ばしていた。

うねうねと続く砂利敷きの通路を歩いていくと、いきなり目の前が開け、噴水がきらめく広場ができていた。丸い受け皿が大中小と三段積み重なり、そのてっぺんから水が噴き出している。噴水の周囲もまた丸い池になっていて、水面に広がった睡蓮《すいれん》が紅白様々な色の花を咲かせていた。

だが、虎太郎の目を奪ったのは、噴水ではなかった。

そのむこう。芝生の上に、ゆったりと身を横たえて寝そべっていた、白い獣。

「……え？」

正しくは、白地に黒の縞《しま》模様が入った、それは見事なホワイトタイガーだった。太く大きな前足をゆっくりと舐め、ちらりと虎太郎にアイスブルーの瞳を向ける。

（やばい）

怯えさせてしまう。可哀相《かわいそう》だ。

虎太郎がそう後ずさったときだった。

ふわぁ、といかにもどうでもよさそうに、ゆったりとその虎は欠伸《あくび》をして、前足に顎をぽすりと乗せて目を閉じてしまった。

（………大丈夫、なのか？）

今まで小動物は勿論《もちろん》、虎だろうがライオンだろうが、動物園の動物たちを軒並み恐慌状態にさせてきた経験が、虎太郎を否が応でも慎重にしていた。

それに、今まで考えたことがなかったが、――襲われたら、どうしよう。

そもそもなんでこんなところに、いきなり虎がいるのか。

「ハリム？」

不可解なことが起きたとき、原因はただひとつだ。その名前を呼ぶと、はたして、物陰から「どうだい？　ガミール・ネムル」と楽しげに返答があった。

「どうだいもなにも、この虎は一体……」

振り返った虎太郎は、軽く息を呑んだ。

珍しく、ハリムは民族衣装ではなく、白いTシャツにデニムジーンズという軽装だった。頭巾《クトゥーラ》もしていない。

いつも長袖で、場合によってはさらに肩から羽織りものをしているのが普通だから、まるで裸でも見てしまったような気分だ。

「美しいだろう？」

「別に、見とれてません」

よく自分のことをそう言えるものだ、と虎太郎はすぐさま否定したが、ハリムは小首を傾げて、

「そうか？　カマルは、ホワイトタイガーのなかでも特別に美しい子だぞ」

「…………ああ」

虎のことだったのか、と虎太郎は内心ばつが悪かった。

だが、ハリムは気づかない様子で、ゆっくりとカマルと呼んだホワイトタイガーの傍に

歩み寄る。

カマルはハリムに気づくと顔をあげ、起き上がった。目を細め、尻尾をゆるやかに動かしながら、ハリムの腕に顔をすり寄せて甘えてみせる。

「よしよし。良い子だ」

でしょう？　と言わんばかりに、カマルが小さく鳴き声をあげた。そして、ちらりと虎太郎を一瞥《いちべつ》する。

それはまるで、『どう？　私がこの人の正妻なのよ』と言わんばかりの態度だった。

ハリムがカマルの頭を撫で、草地に腰を下ろすと、カマルもまたぴったりと寄り添って身を伏せる。

「ガミール・ネムルもおいで」

「いえ、でも」

過去のトラウマが走馬燈《そうまとう》のように蘇り、虎太郎の足はなかなか前に出ない。

「大丈夫だから。だろう？　カマル」

ハリムが呼びかけると、カマルはただ目を細めてみせる。

『あなたが傍にいるなら、私はなんてことないわ』と。

「…………」

そろり、と虎太郎が動く。

ゆっくり、ゆっくり。気づけば息も止めて、まさに抜き足差し足忍び足、といった態で、虎太郎はカマルの傍に近寄っていった。

カマルは怯えるどころか、虎太郎に注意も払わずにいる。それは、ついに正面にたどりついても、同じことだった。

はぁ、とようやく止めていた息を吐いて、大きく吸う。酸欠になりかけていたのか、頭がクラクラした。

「うわ……」

近くで見ると、本当にカマルは美しい虎だった。大きな身体は、しなやかで堂々としている。白と黒のツートンカラーの柄もハッキリと濃く、毛並みはビロードのように艶々《つやつや》と光っていた。

「撫でていいぞ」

「え」

この距離で見つめていられるだけでも至福なのに、いいのだろうか。

逡巡《しゅんじゅん》する虎太郎を、じっとハリムは待っていた。

でも、たしかに、触りたい。できたら、撫でたい。

「……ごめん、ね？」

謝るのもなにかおかしな気がしたが、そう断りをいれて膝をつき、虎太郎はまたそろりそろりと細い手を伸ばす。一度だけ、ぱたんと大きくカマルは尻尾を揺らして地面を叩いたが、ハリムが撫でると、いかにも仕方なさそうにおとなしくなった。

「わ……ぁ」

ふわ、と。

見た目よりずっと柔らかで、指先が埋まるほどたっぷりとした毛皮の感触は、感動ものだった。

虎太郎の表情は変わらないまま、ただ、耳と尻尾だけがぴょんっと飛び出るほどに。変化してしまったことは虎太郎自身もわかってはいたが、この感動を我慢などできるはずもない。まずいとすら思わずに、虎太郎は目の前の美しい虎にただただ夢中だった。

「すごい、ね。素敵だね。本当にキレイだ」

おそるおそる撫でながら、素直に虎太郎はカマルに賞賛を送る。するとカマルはようやく虎太郎を見つめ、ふぅっと大きく息をついた。

『そうでしょう？　わかったのなら、少しなら触ってもいいわ』

そんな言葉が、虎太郎には聞こえた気がした。

さすがに虎の言葉はわからないから、ただの雰囲気に過ぎないが。

「ありがとう」

虎太郎はそう答え、毛並みを乱さないように気をつけながら、ゆっくりとカマルの毛皮を撫でる。嬉しげに、その耳と尻尾が揺れていた。微かに頬も紅潮し、口角がほんの少し持ち上がっている。

その様を、ハリムもまた、嬉しげに見つめていた。

「大丈夫だったろう？　カマルは美しいだけじゃなく、なによりも賢く強い子だからな」

「本当に、そうですね」

今度は心から虎太郎も同意する。

威風堂々。カマルを四字熟語で表すなら、まさにそれだろう。

「あったかい」

生きているという温かさと、柔らかさ。

バーチャルペットでは絶対に感じられない感触が、虎太郎には幸せでならなかった。

(夢みたいだ)

飼育員になりたかったくらい、動物は好きなのだ。動物番組だって録画して欠かさず見ている。

でも、触れあうことは諦めてきた。辛《つら》かったけど、好きだからこそ、我慢してきた。

それがこんなふうに叶うなんて。

「………………」

嬉しさに、虎太郎の目が潤む。

「本当はもっと早く会わせたかったんだがな。検疫や許可が下りるまで、やはりどうしても時間がかかったんだ。カマルもよく我慢してくれたな」

額を寄せ、ハリムが愛おしげにカマルに頬ずりする。カマルもまた、ハリムに耳元を擦りつけるようにして甘えた。

確かな愛情と信頼関係が、そこにははっきりと存在していて。

（……いいなぁ）

羨《うらや》ましい、と虎太郎は思う。

もちろん虎にこれだけ懐かれているハリムのこともそうだが、それだけじゃなくて。

心を開いて、甘えられる相手がいるということが、眩しく見えた。

「ガミール・ネムルがこんなに喜んでくれるとは、予想外だったがな」

「別に……」

否定しかけて、虎太郎は言葉を飲み込んだ。

こんなに耳も尻尾もぴくぴくと動きっぱなしでは、喜んでいるのは一目で丸わかりだ。どう口で否定したところで、無駄すぎる。

「……ありがとうございます」

だから渋々ながらも、虎太郎は礼を述べる。

「気にするな。いつでもカマルに会いに来るといい」

「いいんですか？」

やや食い気味に問うた虎太郎に、微苦笑を浮かべ、ハリムは「もちろん」と快諾した。

「……カマルも、許してくれる？」

『彼がそう言うなら、仕方がないわね。許すわよ』

そう言いたげに、カマルはちらと虎太郎を見つめ、ふわぁと牙を覗かせて欠伸をしてみせた。

それからというもの。

「……兄ちゃん、遅いよ」

玄関先で、昭和の父親よろしく仁王立ちになって獅央は虎太郎を出迎えた。

「ごめん。でも、連絡したろう？」

「それはもらったけど。でも、昨日も一昨日《おととい》もだよ？　今何時かわかってる？」

虎太郎が腕時計を見て答える。

「十二時かな」

「もうすぐ午前様だよ⁉」

「けど、これも仕事なんだから、仕方がないだろ。お前の将来のためなんだし」

「そうかもしれないけど！」

声をひっくり返して怒鳴ってから、涙目で獅央は虎太郎を睨《にら》みつけて、言った。

「心配してんだからね」

「……うん。悪かった。もう、あんまり遅くならないようにする」

自分より高いところにある弟の頭を撫《な》でて、今度ばかりは心から、虎太郎はそう詫《わ》びた。

「約束だよ？」

「わかった」

指切りをして、ようやく獅央は少し落ち着いたようだった。


あれから、つい仕事帰りにはカマルのところに立ち寄るようになっていた。エサの肉をあげたり、ブラッシングをしたり。なにもしなくても、ただ傍《そば》で見ていられるだけでも、心から幸せで。ついつい、毎度長居をしてしまうのだ。

ハリムは、その場にはいたりいなかったりする。今日は久しぶりに顔をあわせた。なんでも、一泊二日で、台湾のほうで人と会っていたらしい。

瀧が言うには、ハリムの仕事とは、いってみれば『人に会うこと』なのだ。人柄を観察し、縁をつなぎ、そのなかでビジネスチャンスを見つけていく。ハリムにとっては、ITだのシェールガスだのはすでに終わったコンテンツで、さらにその先、五年後、十年後のビジネスを見いだしていかねばならない。そのためには、研究やアイデア、あるいはそういった情報をすでに集めて、ビジネスパートナーを探している人物などと出会っていかねばならないからだ。

そして、そうやって自分がビジネスを発展させることが、イコール人類の発展だと心から信じている。ゆえに、無邪気なほど精力的に動けるのだろう。

しがない公務員には、縁のなさすぎる世界だ。

「むこうで美味《うま》かったから、取り寄せさせた。ガミール・ネムルにお土産《みやげ》だ」

綺麗《きれい》に切って盛りつけられたマンゴーを山ほど並べて、当のハリムはご機嫌だった。

なにせ、カマルといると、虎太郎の耳と尻尾《しっぽ》はほぼ出っぱなしなのだ。

「寂しくなかったか？」

「いいえ、ひとつも」

虎太郎は真顔で答えるが、カマルはついと立ち上がり、ハリムにその身体《からだ》をすり寄せた。

『寂しかったけど、我慢したわ』

そう、目を細めている。

「そうか。良い子だ」

カマルを撫で回し、ハリムが頰《ほお》を寄せる。

虎太郎の表情は変わらないが、尻尾だけが不機嫌そうに大きく振られた。

「どうした？」

虎太郎を見やり、ハリムが尋ねる。

「……だいぶ仲良くなれたと思ったんですが、まだまだあなたのほうが、カマルは好きなんですね」

「それは、仕方がないな」

珍しく拗《す》ねた口調の虎太郎に、ハリムが楽しげに声をあげて笑った。

「人とつきあうときと同じだ。敵意がないと示して、心からの感情を素直に伝え続ければいい。そうすれば、相手からも返ってくる」

「感情を、素直に……」

虎太郎にとっては、一番難しい話だ。

だけど、カマルには好かれたい。

それと……。

「どうかな。ガミール・ネムルにも、そろそろ俺の愛情が伝わってないか？」

考え込んでいる隙《すき》に距離を詰められ、間近に迫ったハリムの特濃イケメン顔に虎太郎は目を瞬《しばたた》かせた。

あの甘い匂《にお》いに、ぴくっと大きな耳が動く。

「精一杯、優しくしているつもりだぞ？」

「…………」

どこがですか、と。

いつものように突っぱねにくかった。

実際、カマルという存在に会えて、虎太郎の積年の夢を叶《かな》えてくれたのは事実だ。

黙ったままの虎太郎の髪を、ハリムの大きな手が撫でる。

それが気持ちよくて、つい、うっとりと目を閉じてしまいそうになる。まるで、カマルと同じように。

けれども。

「……あ」

「カマル」

二人の間に、ぐいと割り込んできたのは、カマルだった。

『ちょっと、私を無視しないでよ』

そう言わんばかりの彼女の力に、ハリムが笑い、……虎太郎もまた、ほんのわずかに、ぎこちなく微笑《ほほえ》んだ。

「………………」

その変化に気づき、ハリムは暫《しば》しじっと、虎太郎の顔に見入る。

「なん、ですか」

「ようやく、ガミール・ネムルの笑顔が見られた！　今日は素晴らしい夜だ！」

両手をあげて快哉《かいさい》を叫び、それから、ハリムはぎゅっと虎太郎を抱きしめた。それがあまりにも嬉《うれ》しそうで、虎太郎は突き飛ばすのを躊躇《ためら》う。

それからまたカマルがヤキモチをやいたから、ハリムはすぐに虎太郎を解放してくれたのだが……。

(――どうして、突き飛ばさなかったんだろう)

自分でも、不思議だった。

スーツを着替え、風呂《ふろ》に入って、湯船の中でいつものようにバーチャルペットの世話をして。でもどこか、落ち着かない。

もやもやする、とも少し違う。

ふわふわするような、そわそわするような、はっきりしない、捉《とら》えどころのない感情。

こんなのは、初めてだ。

ビニール袋にいれたゲーム機を脇《わき》にのけて、温かなお湯に頭まで潜る。

「……ぷはっ」

洗ったばかりの頭までびしょびしょにして、限界まで粘ってから、虎太郎は浮かび上がった。

心臓が、ドキドキする。これは酸欠のせいだ。あくまで、そのせいで。

頭のなかで、何度も何度も、髪を撫でてくれたハリムの顔を思い出していることとは、一切関係がない。ないのだ。

そう自分のなかで結論づけて、頭を強く振って、髪の雫《しずく》を払い飛ばす。

いつの間にか出ていた獣耳からも、勢いよく雫が散った。

（けど、獅央に心配かけるのは駄目だな。もう少し早く帰るようにしよう）

風呂のなかで一人、虎太郎はそう誓うのだった。


「なにじっと見てんの？　彼女か⁉」

仕事の昼休み中、デスクで弁当を食べつつもスマホ画面に見入っている虎太郎の背後から、がばぁっと竹山が顔を覗《のぞ》かせた。

「なんだ。動物？　ホワイトタイガーか」

あからさまにがっかりした顔で、竹山は唇を尖《とが》らせる。

「カマルっていうんです。ハリムさんが飼ってる虎《とら》です」

「はぁ？　個人で虎って飼えるもんなのか!?」

「そうみたいですね」

メガネの位置をなおしながら、虎太郎は一旦スマホを置いた。

「こっわ。よく飼えるなぁ、虎なんて」

「おとなしい子ですよ」

「おとなしいっつったって、肉食獣だぜ？　いつ気が変わって、がおーって襲ってくるかわかんねーじゃん」

カマルはそんなことをしないと反論したかったが、わざわざ議論することもない。虎太郎はクールに「そうですね」と相槌《あいづち》をうつに留《とど》めた。

「動物園とか、檻《おり》のなかにいるのを眺める分にはいーけどさ。近くにはいてほしくねーよ。あ、まぁ、俺も女の子には肉食獣だけどね!?」

「知りません」

ついでにいえば興味もない。

「相変わらず氷点下な反応だな。ツンデレっつーかツンしかないっつーか……あー、あれだ！　ツンドラだな！　虎太郎ちゃんは！」

「意味がわかりません」

相変わらず素っ気なく返しつつも、弁当を食べる手は止まっていた。

『檻のなかにいるのを眺める分にはいーけどさ。近くにはいてほしくねーよ』

竹山の意見は、とくに珍しいわけじゃないだろう。普通はそうだ。

自分とは違う。なにを考えているかわからない獣と、一緒にいたい人間なんてそうはいない。

理解できない存在のことは排除したいというのが、普通の反応だと虎太郎は思う。

――だからこそ、つくづく、ハリムは変わっている。

最近は、カマルと三人だけのときには、もう虎太郎は変身したままで過ごしている。カマルに懐いてもらうために、素直であろうとした結果だ。

ただ、それは、予想外にリラックスできる時間だった。

「けど、ツンドラ虎太ちゃんもさ、最近ちょっと雰囲気変わったから。てっきり彼女できたのかと思ったのになー」

まだ虎太郎にまとわりついていた竹山が、自分のサンドイッチを頬張りながら言う。

「いません。彼女は」

「ああ、じゃ、あの王子様のせいか」

――あやうく、卵焼きを吹き出すところだった。

それどころか、耳と尻尾が飛び出しかけて、虎太郎はぎりぎりでセーブする。

「くどいですが、ハリムさんは王子じゃありません。それに、関係……」

ない、とは言い切れない。

カマルのおかげというのが一番なのだが、そのカマルに会わせてくれたのはハリムなわけで、結局はハリムのせいというのは正しい。

けれども、そう竹山に告げるのも、なんとなく抵抗があって。

「……そもそも、別に変わってません」

「まー、そーなんだけどさー。なんか、ちょこっとだけ？　そーそー、前はブリザードが吹き荒れてる感じだったのが、おさまったっつーか。氷雪気候がツンドラ気候まで下がったかんね」

氷雪気候とツンドラ気候はどちらも寒帯の気候区だが、大きな違いは、人間が住めるか住めないか、である。

「そう、ですかね」

虎太郎は若干曖昧《あいまい》な返答をした。

たしかに、もしかしたらそうかもしれないとは思うのだ。

このところ、挨拶《あいさつ》をしてくれる生徒も増えた。教員の人とも、前より一言二言ながら、話すことも増えている。

（カマルのおかげだな）

あの美しくて大きな獣といると、自分のことをくよくよと考える気持ちがなくなる。

素直な、優しい気持ちになれる。

それが、虎太郎の雰囲気を、以前より和らいだものにしているのだろう。

それと――。

『ガミール・ネムル』

そう、微笑むハリムの顔と甘い声が、唐突に脳内に浮かぶ。

（……な、なんで突然ここであいつの顔が）

ごほんっと大きく虎太郎は咳払《せきばら》いをした。

「どうしたー？」

「なんでもありません。それより、今日は僕、午後から出張なので、そのまま直帰しますから」

「はいはい。委員会だっけ？　そのまま飲みに行くとかやんないの？」

「お金ありませんから」

「それはわかるけどさー。飲ミニケーションも大事よー」

椅子《いす》の背をぎしぎしと軋《きし》ませて、竹山が言う。それはそれで、一理あるとは思うのだが。なにせ、無表情で食べ飲みする虎太郎は、酒の席で浮きまくる。むしろ盛り下げてしまうから、行かないだけだ。

「そういうのは、竹山さんにお任せします。竹山さんがいると、みなさんが盛り上がりますから」

「やー、まー、そりゃあね。俺は得意だけどね！」

竹山はまんざらでもなさそうに胸をはっている。

「じゃー、しょーがないな。虎太郎ちゃんの分まで、俺が頑張ってやるよ。あ、コーヒー飲むか？」

「お願いします」

弁当を片付けながら、虎太郎は答えた。


たしかに、変わったかもしれない。

以前ならあんなふうに、竹山を褒めたりはしなかった。

ただ今は、なるべくなら、相手が喜ぶ顔が見たいと思うようになった。

別に虎太郎は、竹山が嫌いなわけではないのだ。あの明るさは羨《うらや》ましいし、自分にはまったくできないことができる人だと思っている。

だからそう、素直に伝えた。

『敵意がないと示して、心からの感情を素直に伝え続ければいい。そうすれば、相手からも返ってくる』


（……ハリムさんの言うことも、本当かもしれないな）

上機嫌の竹山が持ってきたコーヒーを口にしながら、ふと、虎太郎はそう思っていた。


その夜。

出張先からまっすぐにカマルの住む温室へと虎太郎の足は向かっていた。

最近カマルは虎太郎の姿が見えると、ゆっくりと近寄ってくるようになった。まだすり寄ったりはしてくれないが、それだけでも十分嬉しくて、虎太郎の耳と尻尾はすぐに顔を出す。

「こんばんは、カマル。今日はキレイな満月だよ」

そうっと、ご機嫌をうかがいながら頭を撫でてみる。カマルはわずかに目を細め、じっとされるがままだ。

「カマルと同じだね。とってもキレイ」

カマルというのは、『月』の意味なのだとハリムに聞いた。それからは、虎太郎も月がもっと好きになった。

日の暮れた温室は、月灯《つきあか》りと少しの照明だけに照らされ、ぼんやりと神秘的だった。さらさらと噴水が流れ続け、時折風に緑鮮やかな熱帯の木々が揺れる。

カマルのブラッシングをしながら、こうして座っていると、心から穏やかな気持ちになれる。まるで本当に、二人で亜熱帯の森のなかにいるようだ。

「……？　カマル？」

けれどもその日は、少しばかりカマルの様子が違った。

不意に起き上がり、うろうろと落ち着かなげに歩き回る。虎太郎から離れて、木々のむこうへと行くカマルを、虎太郎はなにごとかと追いかけた。

単純にブラッシングが嫌になった感じではない。むしろ、なんだか苦しそうだ。

立ち止まって、グル……と低く鳴いたかと思えば、また歩き出す。

「どうかした？」

虎太郎が声をかけた途端、妙な音が響いた。なにか水っぽいものがかき回されるような、ゴボゴボという音。それと同時に、カマルが大きく痙攣《けいれん》し、腹部を凹ませ、苦しげに口を開ける。

「カマル⁉」

やがてすぐに、音をたててカマルが胃の中のものを吐き出した。血は混じっていないが、半ば溶けかけた肉と胃液のようなものが泡だって、草の上にべったりと広がっていた。

「吐いたの？　大丈夫⁉」

カマルの表情はとくに変わらない。むしろ、吐くだけ吐いたらスッキリしたようで、もうけろりとしている。けれども、虎太郎は気が気ではなかった。

（どうしよう。なにか変なモノ食べたのかな。獣医さん？　あ、それより、ハリムさんに）

耳が完全にぺたんと伏せられ、心臓だけがどっきどっきと激しく打つ。

「カマル？」

顔面蒼白《そうはく》な虎太郎をよそに、カマルはまたさっさと移動してしまう。今度ははっきり目的があるのか、その足取りに迷いはない。そちらに顔を向けると、ガサ、という足音が虎太郎に聞こえた。

（ハリムさんだ！）

変身している間は、虎太郎の聴覚も人間より鋭い。すぐに足音の主を聞き分け、カマルを追い越すようにして、ハリムのもとへと駆け寄った。

「ハリムさん！　カマルが！」

「どうした、ガミール・ネムル」

血相を変えて、ではあるが、一目散に走ってくる虎太郎に、ハリムは相好を崩す。その腕を両手で掴《つか》んで、虎太郎はカマルの異変を訴えた。

「カマルが、急に吐いて」

「ああ……」

「どうしよう。病気なのかも」

耳と尻尾を完全にしょげさせて半ば涙目の虎太郎の頭を、ハリムがよしよしと撫でる。

「大丈夫だ。猫科の動物ならば、普通のことだから」

「でも」

「心配なら、吐いたものを見せてごらん。どっちだ？」

「あっちです」

追いついたカマルが、『なにごとなの』と訝《いぶか》しげに二人を見ている。ハリムがカマルの頭を撫でるのもそこそこに、腕を引っ張って、虎太郎は現場にハリムを連れていった。

吐瀉《としゃ》物を見ても、ハリムの態度は変わらなかった。

「抜け毛が胃袋のなかで毛玉になるから、たまにこうして吐くんだよ。大丈夫、病気ではないから」

「……そう、なんですね」

　ハリムに説明されても、虎太郎の耳は伏せられたままだった。

「心配なら、もう少し一緒に様子を見よう？　環境も変わったことだし、あまり頻繁に吐くようなら、胃が荒れているかもしれないからな」

「はい！」

　言われずとも、安心できるまで、虎太郎はカマルの傍を離れる気はない。

　カマルはいつものお気に入りの、噴水の横で寝ていた。そこへ戻ると、座ったハリムの膝《ひざ》に頭と大きな両手を乗せて、また満足げに目を細める。

　虎太郎もハリムの隣に座り、カマルの様子をはらはらしながら見つめていた。

　たしかに、ハリムの言うように、カマルはいつも通りで。とくに苦しそうな様子はない。

（そういえば、猫はよく吐くっていうけど……虎もそうなのか）

　虎太郎は、動物全般について、文字でしか知識がない。触れたことがないから当然だが。

　そのなかでも、とりわけ、虎についてはあまり知らない。

　やはりなんとなく、苦手意識があったのだ。

虎なんて、と。ずっと、思っていた。

「ガミール・ネムル。本当に泊まっていくつもりなのか？」

「はい。弟には、連絡しましたし。明日は日曜でお休みですから」

ラインは既読になったが、返事はなかった。……相当怒ってるかもしれない。

ただ、カマルがどうしても心配なのだと、ちゃんと説明したつもりなのだが。

「それなら、もっと上等な部屋を用意したのに。そうだ。敷地内に、和風と中華風の屋敷ももう建てたんだぞ。そういえば、弟用の道場もあるんだ。どれでも好きなものを……」

「ここがいいんです。それに、カマルの傍じゃないと、意味がない」

ハリムの言葉を遮るにべもない虎太郎の返答に、ハリムは肩をすくめて、愉快そうに笑った。

「ガミール・ネムルは欲がないな。皆、俺の財産を欲しがるというのに」

少しばかりその声は寂しげで、虎太郎はハリムをじっと見つめた。

「持つ者が持たざる者に分け与えるのは当然のことだから、かまわないがな」

安心させるようにそう付け加えると、ハリムの大きな手が虎太郎の頭を撫でる。

その手を、虎太郎はふりほどかなかった。

カマルは先ほど少し骨付き肉を食べ、木登りをして遊んでから、今はぐっすりと眠っている。もう大丈夫なのは傍目《はため》にもあきらかなのだけれども、どうしてか、虎太郎は帰ろうとは思わなかった。

先ほど瀧がてきぱきと用意してくれた簡易テントに、寝袋は二つ。スーツも脱いで、虎太郎はハリムと同じ生成りの長衣《カンドゥーラ》とパンツに着替えていた。虎太郎用に、ちゃんとお尻《しり》部分には穴が開いている。薄着だけれども温室のなかだし、風邪《かぜ》をひくことはないだろう。

ぱちぱちとたき火が爆《は》ぜる。

ハリムが淹《い》れてくれたコーヒーは、アラビア風なのか、香辛料の爽《さわ》やかな香りがする。先に教えられた通り、どろっと濃いコーヒーの粉が底に沈殿するのを待ってから、ゆっくりと上澄みをすするようにして虎太郎は口にした。

くらくらと酒のような酩酊《めいてい》感を覚えるほど濃い味は、だけども癖になる美味《おい》しさだ。

コーヒーを飲む間も、虎太郎の視線はカマルから離れなかった。

「ガミール・ネムルは、本当に虎が好きなんだな」

「……いいえ」

虎太郎は、ゆっくりと首を振る。

「カマルに会うまで、どちらかといえば、嫌いでした」

「そうなのか？　俺は、こんなに美しい生き物は他にいないと思うが」

カマルを撫でながら、ハリムが言う。

今はその気持ちも、わかるけれども。でも。

虎太郎の迷いを示すように、長い尻尾がゆらりと揺れた。

「ハリムさんは、聞かないんですね」

「なにを?」

「どうして僕が、こんな体質なのかということです」

ハリムも、それから瀧も、一度も虎太郎にそれを問うたことはなかった。

もしかしたら瀧は、裏でとっくに調べ上げているかもしれないが。少なくとも、ハリムからは、そんなふうに感じたことはない。

「そうだな。不思議といえばそうだが、今はそれより、ガミール・ネムルがここにいて、その愛らしい姿を見せてくれればいい」

「………」

そんなふうに、あまり優しくしないでほしいと虎太郎は思う。

むしろこの間のように、いやらしい行為でも迫ってくれれば、突っぱねることも楽になるのに。

北風と太陽の話みたいだ。柔らかく包まれるほうが、逃げ場がなくなる。そしてもしかしたら、ハリムはそれをわかっていてやっているのだろう。

だとしても。

……もう、虎太郎は心のマントを半ば脱ぎかけている。そのことを、ようやく自覚しつつあった。

「僕の父が、半獣なんです。だから僕は、正しくは、半半獣ということになります」

「父上が？」

「はい」

虎太郎は、大きく息を吸って、吐いた。

このことを他人に話すのは生まれて初めてだ。どう整理すれば、わかりやすい順番になるのかを改めて考えねばならないくらいに。

「信じても、信じなくてもいいです。嘘《うそ》みたいな話ですから」

自分でも、もし他人から聞かされたら、冗談だろうと思う。

それくらい、現実離れした話だった。

「わかった。話してくれるか？」

「……はい」

それでもまだ、逡巡《しゅんじゅん》はあった。虎太郎の沈黙を、ハリムはただ穏やかに待っている。

ややあって、虎太郎は口を開いた。

「僕の父親は、この世界の人間ではなかったんです。父は、五獣界《ごじゅうかい》と言ってました。半獣たちだけが住む世界があって、父は、そこからなにかのはずみで、この世界に来たって」

虎、狼《おおかみ》、蛇、兎《うさぎ》、烏《からす》。その五つの半獣たちが暮らすから、五獣界という。

彼らにしてみれば、こちらの世界の人間たちは、猿の一族というらしい。

百年に一度、その二つの世界がつながることがあるのだが、虎太郎の父はその際になんらかのはずみでもって、こちらにやってきた。

「そこで、母に会って……最初は母も驚いたらしいんですが、父を護《まも》り、暮らしているうちに」

「恋に落ちた？」

「はい」

虎太郎は皮肉な笑みを浮かべた。

陳腐な話だと、自分でも思っているからだ。

「それで、僕が生まれて……獅央が生まれて。でも、父には戸籍なんてありませんし。僕は戸籍上では、私生児です。父はなんとか、家でできる仕事をしていましたが、家計は楽ではなかった」

両親の仲は良かったが、虎太郎の体質については、父親はいつも辛《つら》そうな顔をするばかりだった。おとなしくしていれば変身しないことに気づいてからは、父にいつも叱《しか》られた。

『虎太郎。お前は、泣いたり怒ったり、笑ったりするんじゃない』

時には殴られることもあった。やがて虎太郎は、感情を押し殺すことに、慣れていった。

「……別に、そのことについては恨んでません。実際、生きていく上で、必要なことでした」

淡々とした口調のまま、虎太郎は語り続ける。

「ということは、他のことは、父上を恨んでいる？」

「……はい」

微《かす》かに、耳が動いた。表情は、変わらないまま。虎太郎は言う。

「僕が高校生のとき、母が死にました。突然の、心臓麻痺《まひ》で。……もともとあまり丈夫な人ではなかったし、心労も多かったでしょうから。その後、すぐに、……父も、いなくなりました」

五獣界に帰れたのか、あるいはただどこかでのたれ死んだのか。真実はわからないが、ひとつだけわかっていることは。

「あの人は、僕と獅央を捨てていった」

それだけは。

どうしても、虎太郎は今も許すことができないでいる。

「……そうか」

ハリムの手が伸び、虎太郎の肩に触れる。そして、そのまま静かに抱き寄せられた。

「可哀相《かわいそう》に」

「…………」

別に、同情されたかったわけではない。ただ、事実を告げただけだ。

そう言い返そうとした虎太郎に、ハリムは悲しげに眉根《まゆね》を寄せて、言う。

「ガミール・ネムルは、こんな話のときくらい、もっとちゃんと、怒ればいい。……それくらい、我慢してきたのか？」

虎太郎は、また絶句した。

そんなふうに『可哀相』と言われたのは、初めてで。

呆然《ぼうぜん》とする虎太郎を、ハリムのほうが苦しげに顔を歪《ゆが》め、愛《いと》おしげにその頬や額を幾度も撫でた。大切に、大切に、その心の曇りを拭《ぬぐ》うように。

「……ハリム、さん」

どうしよう。

虎太郎は、困惑する。

思えば、ハリムといると、『どうしよう』と困惑することばかりだけれども。今胸を占めているのは、今までと違うものだった。

全身を縛っていた枷《かせ》が、リボンのようにするりと、ほどけてしまう。

ああ。もう、無理だ。

壊されて、しまう。

「俺の前では、もっと自由に、泣いたり笑ったりしてくれないか？　俺のガミール・ネムル」

「…………」

虎太郎の唇がわななく。けれども、言葉は出なかった。

かわりに、表情ひとつ変えない……いや、変えられないまま、虎太郎の頬に涙が伝い落ちていった。

慈しむような眼差《まなざ》しを向けたまま、ハリムが虎太郎のメガネをそっと外す。まるでそれが能面を外すキッカケだったかのように、虎太郎の両眉が、ぐっと寄せられた。

「なん……で」

はらはらと不器用に泣きながら、虎太郎はまとまらない言葉を、ただ吐き出す。

「ひどい。……こん、なの」

「ひどいか？」

うん、と。頑是無い子供のように、虎太郎は頷《うなず》く。両手のひらで、顔を覆うようにして涙を拭って。

「ずっと……守って、きた、のに」

傷つかないように。

壊れないように。

がちがちに固めて、守って、縛ってきた、『感情』。

それなのに。

「あんたが、甘やかす、から」

もはや敬語もかなぐり捨て、虎太郎は泣きながらハリムをなじる。

なのにハリムの手は、かわらず虎太郎の頭を撫で続けていて。

「こん、な、……甘やかされ、て、……」

壊されて。

甘やかされて。

それで。

「……あんたがいなくなったら、どうしたら、いいんだよ」

半ば叫ぶように、虎太郎は言葉を吐き出す。

「どうせ、帰っちゃうくせに……！」

泣きながら虎太郎が訴えているのは、たったひとつのことだった。

『ひとりにしないで』

でもそのことに、本人の自覚はなかった。ただ、怖くて、恨めしいだけだ。

縋《すが》りつくこともできない虎太郎を、ハリムはまた柔らかく抱きしめる。

「大丈夫だよ、ガミール・ネムル。……むしろ、俺から離れることなんて、許さない」

なんて自分勝手なセリフだ、と。

腹が立つのに、どうしてか虎太郎は安堵《あんど》していた。

「心配なら、鎖をつけておこうか？　お前がどこにも行けないように。この細い首に、きっとよく似合う」

「……悪趣味、だ」

精一杯悪態をつく虎太郎に、ハリムが可笑《おか》しそうに笑った。

泣き疲れて眠った虎太郎を、ハリムはずっと腕に抱えていた。

ランプの灯りは消え、燃え残った微かなたき火だけがぼんやりと明るい。

カマルは少しばかり、夜の散歩へと消えた。立ち去る前にぺろりと虎太郎の涙の痕《あと》の残る頬を舐めていったことは、虎太郎自身はたぶん気づいていない。

どうやらカマルは、虎太郎のことを仲間として認めつつあるようだ。

「……やれやれ」

健康な成人男子である自分が、ただ腕に抱いて一晩を過ごすなんて、とハリムは苦笑した。

男同士の性行為についてなら、多少なりとも知識はある。

欲望でいえば、かつてはともかく、今ははっきりと自覚していた。

虎太郎の白く細い首をじっと見つめ、呟《つぶや》く。

「鎖をつけていいなら、そうしたいくらいなんだぞ？　ガミール・ネムル」

最初はもちろん、ただの好奇心だった。

物珍しい獣を見つけたというそれだけだ。

けれども、次第に虎太郎自身が不憫《ふびん》で、気づけば愛しいと思うようになっていた。

自由に泣き笑いもできないなど、どう考えても間違っている。それは、神に等しく与えられた、恩寵《おんちょう》であるはずなのに。

ただ、その反面。

「……ん……」

むずかるような声を、腕のなかの虎太郎が微かに漏らす。可愛《かわい》らしい獣耳が、ぴくぴくと動いた。遠くで木に飛び上がったカマルの気配でも感じたのかもしれない。その可愛らしさに、ハリムの口元が自然と緩む。

やはり、こんな姿は、他の誰《だれ》にも見せたくない。

カマルと同じように、この温室に閉じ込めておきたい。

そして、大切にするのだ。

「そろそろ、甘やかすだけじゃないぞ？　俺も」

懐いたのならば、躾《しつ》けも考える頃合いだ。

（そうだ。首輪といえば……）

安心しきった虎太郎の寝顔を見つめながら、ハリムは目を細める。

それはまたなにやら、思いついた表情だった。

なにか、おかしい。

赤江獅央十八歳は、そう敏感に察知していた。

爽やかな日曜日の、正午近くに兄は帰ってきた。いつも通り、昨日着ていたスーツ姿のまま、鞄《かばん》を手にして、無表情で。

「ただいま、獅央」

「………おかえり」

「ゆうべ、大丈夫だったか？」

「僕は大丈夫だよ。それより、兄ちゃんだよ、兄ちゃん‼」

ばんっと壁に手をついて獅央がすごむが、虎太郎は真顔のまま口を開く。

「俺も大丈夫だったよ。カマルも、元気だったし」

「アイツはいたの」

アイツとは、びらびらした服をいつも着ている、外国人野郎のことだ。

獅央にとっては、虎の生き死になんてどうだっていい。それより、その場にあの男がいたのかどうかが問題なのだ。

「…………」

虎太郎が黙る。それでもう、確定だ。そして、最悪だ。

「なにかされなかっただろうね!?」

「されてない。本当に」

獅央は、虎太郎の顔をじっと見つめた。そこに、ほんのわずかでも、変化がないかと探る。

しばし、兄弟はじっと無言のまま見つめ合った。

「嘘なんかついてないよ、獅央。それよりごめん、やっぱり家じゃないと落ち着かなかったみたいで、まだ眠いんだ。もう少し寝ていいかな」

「……どうぞ」

しぶしぶ道を譲り、虎太郎は自室へと戻っていった。そして本当に、そのまま布団を敷いて眠ってしまったようだ。一応、バーチャルペットの世話はしたようだが。

一方、獅央は眉根を寄せ、腕組みをして考え込んでいた。

なにかおかしい。

嘘をついてはいない。それはわかる。

だが、兄の雰囲気やわずかな仕草が、『なにかがあった』と告げている。なのにそれが、なにかわからない。

しかも、先日兄の部屋を掃除していて、獅央は見つけてしまったのだ。ゴールドの、ハート型写真立て。そこにおさまっていたのは、こともあろうにあの外国人の写真だった。部屋の片隅に転がしてあったとはいえ、なぜすぐさま捨てないのか。

嫌な予感がしすぎて、獅央はそのことを直接虎太郎に問いただせなかった。

弟歴十八年。世界で唯一、虎太郎の感情が読める人間と自負して十八年。その自信が、にわかに揺らぎはじめている。いや、ガラガラと音をたてて、地面が崩れていくような気すらした。

人づきあいのできない、不器用な大事なたった一人の兄のことを、獅央はいずれ守っていくつもりだった。今まで庇護《ひご》してくれた分、いつか自分が、と。

それほど贅沢《ぜいたく》はできなくても、兄弟二人、世間のかたすみでひっそりとながら、幸せにつつましく暮らしていく予定だったのだ。そのための計画だって、何度も練りなおし、あらゆるリスクも想定し、今や完璧《かんぺき》といってもいいほどだというのに！

たったひとつの、計算外の要素によって、その完璧なプランに大きなヒビが入りはじめている。

「冗談じゃない……！」

ぎりぎりと獅央は奥歯を噛《か》みしめた。

どんな手を使ったか知らないが、虎太郎が変化しつつあるのは確かだ。

兄弟の幸せ未来計画のため、不要なものは速やかに排除せねばならない。

最初に顔をあわせたときは、兄も奴を嫌悪している様子だったからと、つい気を抜いたのが失敗だった。

「……よし」

虎太郎が寝静まったのを見計らい、獅央は茶の間のちゃぶ台に愛用のノートを広げ、シャーペンを手にとった。

行動の前には、十分な計画が必要だ。

名付けて、兄奪還計画。

本音をいえば、あの男の抹殺計画にしたいくらいだが、それはさすがにリスクが高すぎる。奴自身というより、傍にくっついている不気味な猫型ロボットみたいな執事が厄介だ。

(覚えてろよ、あの外国人!)

内心でそう罵《ののし》りながら、獅央は持ち前の真面目《まじめ》さでもって、兄奪還計画を真剣に練りはじめたのだった。

『拝啓
向暑の候、お健やかにお過ごしのご様子、なによりと存じます。
先日頂戴《ちょうだい》いたしました今時アナログな『果たし状』についてですが、ご意向は承りました。しかし、現状を鑑《かんが》みて、再検討が必要な点がいくつか見受けられました。僭越《せんえつ》ながら、修正した『果たし状』を作成いたしましたので、別紙にて同封しております。ご査収の程、よろしくお願いいたします。
末筆になりますが、獅央様のいっそうのご発展とご活躍をお祈りいたしております。
敬具
ハリム・ビン・ダルヌーク・ビン・ジャファル・アール・カリーファ代理人　瀧　稔《みのる》
赤江獅央様』

「……絶対馬鹿にしてんだろ、これ」

数日後、戻ってきた『果たし状』と手紙を握りしめ、ワナワナと獅央は両手を震わせた。

指定された場所は、最初は自宅近くの川原だったのだが、『雨天に対応していない。セキュリティ上問題がある』とのことにより、結局ハリムが建てさせた敷地内の道場になった。それはまぁ、まだいい。一番の問題は、相手がハリムではなく瀧になっていたということだ。

「俺はあいつに試合を申し込んだんだ！　どうしてあんたが相手なんだよ！」

「ハリム様は剣道未経験者ですよ。そういう相手に、剣道で試合を申し込むことが、そもそも問題があると思いますが？」

瀧にそう返されると、獅央も若干ばつが悪い。

「剣道を生で見るのは初めてだからな。俺も楽しみだ」

「別にあんたを楽しませるためにやってるわけじゃなーい！　つか、葡萄《ぶどう》とか食ってんな!!」

ペルシャ絨毯《じゅうたん》に山ほどのクッションを積み、優雅に彼らを見守るハリムに獅央が怒鳴った。

「いえいえ、滅相もない」

剣道着姿の瀧が微笑む。

なんというか、状況は獅央が計画していたものとは、すでに齟齬《そご》が生じていた。

「そうだな。俺だけというのも張り合いがないか。やはり、観客を招き、世界中継で放映したかったが……」

「いえ、それほどの腕前の試合ではありませんから。それに、執事たるもの、やはり陰で働かせていただきたく」

「そういう問題じゃないだろ!!」

思わず竹刀《しない》を振り回した獅央は、はっとして大きく深呼吸する。いかん。こいつらのペースにはまってはならない。

「……まぁ、いい。これだけあんたたちの条件を呑《の》んでやったんだ。俺の条件も、ちゃんと守ってもらう」

「そもそも果たし状を出してきたのはそちらですけどもね……」

ぼそり、と瀧がツッコんだのは無視をして、獅央はハリムをびしっと指さした。

「俺がこの試合で勝ったら、二度と兄ちゃんと俺の前にその顔を見せるな。わかったな?」

「……ふむ。一つだけ教えてもらおう」

「なんだよ」

「その約束について、ガミール・ネムルは同意の上か?」

刹那《せつな》、鋭くハリムの眼差しが獅央を刺す。ぐっと言葉に詰まりかけたものの、獅央は、

「……と、当然だ！」と強く答えて顎《あご》をひいた。

「ならば、仕方ない。了承しよう」

「約束だからな！」

——本当は、獅央は虎太郎になにも話していない。

（でも、兄ちゃんだって、絶対こいつに迷惑してるんだから。別にかまわないだろ！）

自分は間違っていない。その絶対の自信のもとに、獅央は慣れた手つきで防具を身につけていく。

瀧も無言でハリムに会釈した後、てきぱきと準備を整えた。剣道経験者とは聞いたことがないが、つくづく謎《なぞ》な男だ。

この試合に、審判はいない。ハリムが「始め」と声をかけることになっていた。かつ、通常と違うのは、一本をとった時点で勝敗がつくということだ。

瀧の提案を、虎太郎は受け入れた。短く済むならそれでいいし、なにより、どんな試合形式だろうと、負ける気はまったくない。

瀧の実力がどの程度か知らないが、虎太郎はこの勝負、今までのどんな試合よりも真剣だった。獅央にとっての、絶対に負けられない戦いはここにあったわけだ。

「よろしくお願いします」

「お願いします！」

面をつけた二人が向かい合い、試合場の中央に向かって二歩進んだところで、きびきびと一礼をする。

それからさらに三歩進んだところで、竹刀をかまえ、片膝を床につけて腰を落とした。

「……始め！」

ハリムの朗々とした声が道場に響くなり、二人は同時に立ち上がった。

そのまま暫し、どちらも動かず、じっと対峙《たいじ》する。お互いに、相手の実力を計っているかのようだった。ぴんと空気が張り詰め、ハリムも真剣な表情で、勝負の行方を見守る。

（くそ……案外、隙がない……）

軽々と面の一本でもとってやるつもりでいたが、瀧はどうやらなかなかの実力者のようで、獅央はすぐには動けずにいた。なにせ一本勝負だ。軽率に判断ができない。

時間にすれば、ほんの三十秒やそこら。だが、じりじりと遠火で炙《あぶ》られているようなその感覚は、獅央にとってはひどく長く感じられた。

不意に、ふっと瀧が動いた。

（今だ!!）

「ヤアアァァ!!」

気迫をこめて叫びながら強く踏み込み、獅央は構えた竹刀を上段から振り下ろす。捉えた、と確実に思った。

だが、小気味よいいつもの音は響くことなく、獅央の竹刀は空を切る。かわりに――。

破裂音のような音は、自分の胴から響いていた。

疑いようもない、胴への一本だった。獅央が大きく振りかぶった分、がら空きになった胴を狙《ねら》われたのだ。

「………勝負ありましたね」

鮮やかに反撃を決めた瀧は、そう言うと面を外し、ふぅっと息をついた。

「ハリム様、お時間をとらせました」

「いや。どちらも、素晴らしい試合だった」

ハリムが両者の健闘を拍手とともに労《ねぎら》う。

納得がいかないのは、獅央だけだった。

「あ、あんた、何者なんだよ!」

面や小手を乱暴に外し、瀧に向かって獅央が怒鳴る。

「若い頃には、一応、全国優勝を少し」

「少しってなんだそれ！」

「まぁ、過去の栄光を誇るくらい野暮なことはありませんから……それより、これでハリム様は、今後とも同じように」

「無効だ‼　だって、あいつが自分で戦ったわけじゃないだろ！」

「………」

やれやれ、と瀧がため息をつく。

「正々堂々、自分で戦えよ！　それが男ってもんだろ！」

大上段に構えてそう言い放つと、獅央は自分の持っていた竹刀をハリムの目の前に投げつけた。

「……それで、気が済むのか？」

ハリムが立ち上がり、竹刀を拾い上げる。

「ああ！　とにかく、今のはちょっと油断しただけで……！」

そう言いながらハリムに詰め寄ろうとした獅央は、よほど内心動揺していたのだろう。袴《はかま》の裾《すそ》を自分で踏んづけて、派手にその場に倒れ込んだ。

「い……っ！」

咄嗟《とっさ》についた手首が、鈍く痛む。おかしな体勢で転んだせいか、くじいたのかもしれない。

「大丈夫ですか？」

完全に呆《あき》れた口調ながら、瀧が尋ねたときだった。

「獅央‼」

――虎太郎が飛び込んできたのは、そんな、最悪のタイミングだった。

獅央が学校を無断で休んだという連絡を受けたのは、お昼近くだった。

朝は一緒に登校したはずなのに、おかしい。スマホに連絡をしても、一向に返答もなかった。既読マークすらつかない。

なにかの事件にでも巻き込まれたのだろうか。そう、顔色ひとつ変えないままに虎太郎は冷や汗をかいていた。嫌な想像ばかりが、こんなときに限って脳裏に次々と浮かぶ。

いっそ警察に……とまで思い詰めたとき、ふと、閃《ひらめ》いたことがあった。

おかしなことがあれば、大概、そこにはハリムが関《かか》わっている、と。

ならば、直接ハリムを尋ねるのが一番だ。

その虎太郎の考えは、間違ってはいなかった。午後休をとって、ハリムの敷地内を走り回り、結果として無事獅央のもとにたどりついたわけだから。

「獅央!!」

そこで、虎太郎の目に飛び込んできたのは。

痛みに顔をしかめ、蹲《うずくま》る獅央と。

竹刀を手に彼を見下ろす、ハリムの姿だった。

「……なにをしたんですか……」

大切な大切な弟を傷つけられた怒りは、一気に虎太郎の限界点を突破する。毛を逆立て、興奮しきった尻尾と耳が現れ、虎太郎の表情も獣じみたそれへと瞬時に変貌《へんぼう》した。

「……兄ちゃん…?」

初めて見る、兄の本当の激怒に、獅央は唖然《あぜん》と息を呑むほかない。

瀧ですら、その迫力に棒立ちになっている。

「グ……ァ……」

虎の咆哮《ほうこう》をあげ、ゆらり、と背中を丸めた虎太郎は、そのまま弾丸のようなスピードでハリムに襲いかかった。クッションを跳ね上げ、ハリムの身体が押し倒される。

「っく……っ」

衝撃に顔をしかめつつ、ハリムは虎太郎の肩を摑み、押しとどめようとした。だが、虎太郎の目は、すでに正気を失い、獣の本能そのままに、ぎらぎらと光るばかりだ。荒く息をつく口元からは、白い牙《きば》が覗いていた。

「話を聞いてくれ、ガミール・ネムル」

「ガァァァッ!!」

再び大きく吠《ほ》えると、虎太郎は躊躇いなく、ハリムの腕に嚙みついた。鋭い牙が白い袖をやすやすと貫通し、その内側の褐色の肌に深々と食い込む。見る間に鮮血が白い布をじわじわと染め上げていった。

「失礼!」

次の瞬間、瀧の竹刀が一閃《いっせん》し、虎太郎の首の後ろを激しく打ちつける。

「グァッ!」

悲鳴をあげ、ようやく虎太郎がその動きを止めた。尻尾が力なく垂れ下がり、同時にごろりと細い身体が床に転がる。

「至急、医者を呼びます。動かないでいてください!」

ハリムにそう告げると、瀧は荷物から無線を取り出し、てきぱきと部下に指示を飛ばす。

一方、ようやく獅央は立ち上がると、無線を切った瀧にくってかかった。

「おまえ！　兄ちゃんに、なんてことすんだ！」

そこへ、ハリムの鋭い叱責《しっせき》が飛ぶ。

「先に兄の心配をしろ!!　第一、それを言うならば、お前が自ら止めろ。それもできなかったくせに、後から偉そうに責め立てる権利がお前にあると思うのか！」

「………」

獅央が悔しげに黙り込む。血の流れる腕を気にもせずに、ハリムはすぐに視線を虎太郎に移すと、その身体を抱き上げてクッションに寝かせてやった。

ショックで気絶しただけのようで、見たところ、ひどい外傷はない。

「ハリム様。こちらへ」

すぐに迎えは到着したらしい。瀧や黒服の男たちに連れられ、ハリムは病院へと向かったのだった。


その、遠ざかる足音が、混濁した虎太郎の意識にも微かに届いていた。

それと、一言。

「——まいったな。これでは、無理だ」

そう言い捨てた、ハリムの声が聞こえた気がした。

………。

日常が、戻ってきた。

起き抜け、バーチャルペットの世話をする。それから、身支度を調えて、朝食をとる。メニューはトーストとマーガリン。コーヒーの牛乳は二人とも多めだ。トマトと胡瓜《きゅうり》を切っただけのシンプルなサラダもつく。弁当のおかずはたいてい夕食の使い回しで、今日はほうれん草のごま和《あ》えと豚肉のショウガ焼き。それに常備菜の漬け物といった感じだ。

「そろそろ期末テストだけど、予備校で勉強してくる？」

トーストをかじりながら、虎太郎が獅央に確認する。

「うん。でも、晩飯はウチで食うから、残しておいてくれる？」

「わかった」

「でも、今年は夏休みって感じしないなぁ。ずーっと予備校だし」

「その分予備校ならクーラーがあるだろ」

「まぁ、たしかに」

赤江家は、家計の事情的に、クーラーは寝つく数時間にのみ使用することにしていた。男二人だ、窓を全開にして涼んでいても危険があるわけじゃないという理由もある。

朝食のお皿を片付け、忘れ物がないか確認をして、一緒に出かける。

他愛《たわい》もない会話は、そこで一旦止まった。

「…………」

以前は、不便ながらも自然に溢《あふ》れた道になっていた場所が、さらに一変していた。

アスファルトの敷かれた道路の両端には、延々と鉄柵《てっさく》が伸び、駅までの一本道を作っていた。二メートルはあろうという高さの鉄柵の内側には、百メートル間隔で左右交互に警備の人間が立っている。彼らは兄弟を監視はするものの、朝の挨拶などはしない。

生い茂る木々の影だけは変わらず兄弟の上に落ちているものの、爽やかな気持ちなどはみじんもなかった。

「……自転車」

表情は変えぬまま、ぽつりと虎太郎が言う。

「な、なに？　兄ちゃん」

「明日にでも、自転車買いに行こう」

「……そう、だね」

気詰まりな道を、早く抜けてしまいたいから。それはきっと、そんな理由だ。

駅までの道を、足早に急ぐ。虎太郎と獅央の間に、会話はほとんどなかった。

あの試合から、一週間が過ぎている。

意識を取り戻した虎太郎は、全身がひどく怠《だる》かった他は、異常はなかった。ただ、自分の口元に乾いてべったりと貼《は》りついていた血に、自分がなにをしたかを糾弾されているようだった。

やっぱり、自分は、ケダモノなのだ。

理性をなくせば、なにをするかわからない。

少しでも。ほんの少しの間だけでも。

感情を解いたりしなければよかった。

そうすれば、あんなことはしなかった。

「兄ちゃんは、悪くないよ。俺を助けてくれただけなんだし！」

顔色をなくした虎太郎を、獅央は必死にそう慰めた。

「……そうだ。獅央、なんでこんなところに？」

「あ、えっと。……あいつに呼び出されたんだよ。赤江虎太郎と離れろって脅されて、それで」

呼び出されたのは本当だ。後半も、獅央からしてみれば、そう嘘でもない。

ただ、必要以上に早口で、虎太郎に言葉を差し挟ませずに、獅央は続けた。

「とにかくこれであいつはもう寄ってこないし、大丈夫だよ！　全部、元通りになって、これでよかったんだよ！」

「……そうだな」

「うん！」

言われてみれば、その通りだ。

あれから、ハリムからはなんの連絡もない。

変わったことといえば、あの鉄柵が慌ただしく作られたことだけ。

一度だけ、さすがにどうしても気になって、瀧に連絡はした。しかし、着信拒否をされているようで、連絡をとることもできなかった。

ハリムはしばらく、大学を休むそうだ。送付されてきた診断書は、虎太郎の手元に届いた。

「王子、入院すんだって？」

「……そのようですね。ハリムさんは王子じゃありませんが」

医師の診断書には、虎太郎が襲ったことなどは書かれていなかった。ただ、動物に噛まれ、計四針縫う怪我《けが》を負ったこと。破傷風や神経麻痺などの後遺症が懸念されるため、当分の治療期間を要することなどが記されていた。

「噛まれたって、もしかしてあれ？　ペットの虎!?」

横から診断書を覗き見た竹山が、うわー！　と額に手を当てて、大仰に顔をしかめた。

「ヘタしたら死ぬんじゃね？　遺産とかどーなってんのかな」

「ちょっと。さすがに不謹慎よ」

山里がたしなめ、それから。

「でも、心配ね。赤江くん、お見舞いに行ってもいいけど……」

「いえ。仕事がありますから」

ぴしゃりと虎太郎は答えた。

見舞いになど、行けるわけがない。

その怪我を負わせた当人は、自分なのだから。

「動物に噛まれると、傷口は小さくても、マジで膿《う》むんっすよー。ぱんっぱんに腫《は》れちゃって」

「竹山くん、経験あるの？」

「ちっちぇー頃ですけど、ありますよー。近所の人が飼ってた犬が、迷子になっちゃって。探すの手伝ってたんすよ。そしたら、公園で見つけた途端に、がぶーって。ほらココ！

まだ痕残ってるでしょ」

竹山はそう言いながら、左手の人差し指と中指の間を示す。たしかに一カ所だけ、不自然に肉が盛り上がっている箇所があった。もっとも、そうと言われなければわからない程度の小さなものだが。

「おかげで今も、シーズーだけは怖いっす」

「シーズー、可愛いじゃない」

「いやー、噛まれた後は無理っすね」

思い出したのか、竹山はぶるぶると震え上がって、首を横に振った。

「あ。でも、そのときに医者に言われたんすよ。動物の口の中は雑菌だらけで、すげー化《か》膿《のう》しやすいけど、一番汚いのは人間の口の中なんですって」

「そうなの？」

「そっす。だから俺、絶対女の子に噛みつかれるようなことはしないようにしようって思ってるんすよねー」

真顔で続ける竹山に、「はいはい」と呆れた調子で山里が返した。それから、ふと虎太郎に視線を移し、尋ねる。

「……赤江くん？　顔色悪いようだけど、大丈夫？」

「え？」

山里の指摘に、虎太郎は真顔のまま、じっと彼女を見つめ返した。そんなことを言われたのは、初めてだ。

「お？　……あ。ホントだ。珍しい!!」

ぐりっと虎太郎の顔を掴んで自分のほうへ向かせた竹山も、目を剝《む》く。

「熱はないみたいだけどな」

「いえ、大丈夫ですから」

竹山の手を払い、虎太郎はまたパソコン画面に目を落とす。大学も期末考査が近く、ぼうっとしている暇などないのだ。

なのに。

……人間に嚙まれたら、動物よりもひどいことになる。

……一度嚙まれたら、もう可愛いとは思えない。

竹山のそんな言葉が、ぐるぐる脳内を回る。

それから。

──『これでは、無理だ』

ハリムの、あの言葉が。

頭から離れないままだった。


実際、そういうことなのだろう。

もうきっと、会うこともない。もともと、住む世界は違いすぎる相手だ。

(別に、いいけど)

元通りになっただけだ。

兄弟二人で、穏やかに、真面目に、暮らしていけばいい。

今まで通り、感情を押し殺して、おとなしくしていればいいのだ。

唯一辛いのは、鉄柵に阻まれて、カマルと穏やかな時間を過ごすことができなくなったことだろう。

ただ、それも、しょせんひとときの夢だったと思えばいい。

耐えるのも、諦《あきら》めるのも、得意なのだから。

ずっと、そうしてきたから。

(獅央の言う通りだ。これで、いいんだ)

もう、あの妙なあだ名で呼ばれることもない。

そう考えた途端に、ずしんと、胸の奥に巨大な石が詰まったような感じがした。

（…………なんだろう、これ）

喉《のど》の奥がつかえるようで。息が深く吸えない。そして、じんわりと、痛む。

半獣のせいか、虎太郎は今までろくな病気をしたことがない。だからこそ、この異変に戸惑《とまど》った。

（まぁ、仕事ができないほどじゃないから、いいか）

胸苦しさからも、そうやって、いつものように虎太郎は目をそらした。


瀧が赤江家の玄関扉を叩《たた》いたのは、それからさらに数日後の晩のことだった。

「夜分、失礼いたします」

玄関先でにこやかに頭を下げた瀧に、「なにしに来たんだよ」と獅央がけんもほろろに対応する。

「先日の咬傷《こうしょう》事故の慰謝料の件でご相談にまいりましたが、示談を断るということでしたら、裁判所で会いますか？」

「咬傷事故？」

「赤江虎太郎さんがハリム・ビン・ダルヌーク・ビン・ジャファル・アール・カリーファさんを嚙み、全治一週間の怪我を負わせた件についてです」

「そんなの、あいつが悪いんだろ」

「わかりました、では」

「獅央」

あくまで瀧を追い返そうとする獅央を、虎太郎が押しとどめる。

「失礼しました。どうぞ、おあがりください」

「兄ちゃん！」

一礼し、茶の間へあがる瀧の後ろ姿を見送りながら、獅央がなおも不満を訴えてくる。

しかし。

「どんな理由にせよ、僕が怪我をさせたのは事実だよ。それに、裁判にでもなったら、僕の秘密を全部世間に明かさなきゃならない」

虎太郎が淡々と諭すと、ようやく獅央は、しぶしぶながら矛先を収めた。

「お茶はけっこうです。お話だけですので」

「……わかりました」

相変わらず物腰こそ柔らかいが、瀧の考えていることが見た目通りだと思うのは大間違いだ。

覚悟を決めて、虎太郎はちゃぶ台を挟んで瀧の正面に正座した。その斜め後ろに、獅央もあぐらをかいて座る。

「改めまして、まず、これがハリム様の診断書。それから、こちらが訴状となります。と、いっても、まだ裁判所に提出はしていません。また、保健所への通達も今のところ控えています」

ちゃぶ台に置かれた書類は、枚数こそ少ないものの、ずっしりと重みがあるようだった。第一に書かれた『請求の趣旨』には、『慰謝料として一億円』と、気が遠くなるような金額が書かれている。

「いち……」

「ば、馬鹿じゃないか!?　なんでこんなもの払わないといけないんだよ！」

獅央を見つめ、初めて瀧の顔から笑みが消え失せた。

「それでも大いに譲歩した結果です。あなたがたは、私の主人に外科手術および入院が必要なほどの怪我を負わせ、かつ、彼にとってなによりも重要な時間を奪った。本来ならば、その十倍はお支払いいただきたいところです」

鋭い眼差しの迫力に、さしもの獅央も息を呑むほかになかった。

「獅央さんにも、なんなら決闘罪で訴状を送ってもよかったのですが、受けたこちらも同罪ですから。そちらは不問にしておきましょう」

「受けた？」

表現に違和感を覚えた虎太郎が、そう尋ねる。

「はい。詳しい経緯については、訴状を読んでください」

「…………」

瀧に促され、第二に書かれた『請求の原因と経緯』に虎太郎はざっと目を通した。しかし、そこに書かれていたのは、虎太郎が聞いていた話とは大いに異なることだった。

「これは、本当ですか」

「嘘をつくメリットはありません。第一、あなたも同意の上だったはずでは？」

「え……」

虎太郎は、獅央に振り向く。獅央が、ぎゅっと大きな手のひらを握りしめた。

「獅央？」

「お、俺だって、嘘なんかついてない。兄ちゃんは、こいつらと俺と、どっちを信じるんだよ？」

そう問われれば、獅央に決まっている。

だが、そんなやりとりを見ていた瀧には、どうやらある程度はっきり事実が見えたようだ。ため息をつき、口を開く。

「虚偽があるか否かにつきましても、裁判ではっきりできるかと。どちらにせよ、一度ご兄弟できちんと話し合いが必要に思えますがね」

雇い主を守りきれなかったことは、どうやら瀧の山より高いプライドをいたく傷つけることだったらしい。その舌鋒《ぜっぽう》にも、いよいよ容赦がなかった。

「……裁判は、できるだけ避けたいです。ですが、この金額はすぐにお支払いできるものではありません。一度、相談をしたいので、お返事はもう少し待っていただけますか」

「わかりました。では、今日のところは、これで失礼します」

瀧はすぐに立ち上がり、玄関へと戻っていく。座り込んだままの獅央を置いて、虎太郎は瀧を玄関先へと見送りに向かった。

「……ハリムさんの、具合は」

診断書には、そこまでは書かれていない。だが、瀧は一言。

「知りたいですか」

「え、ええ」

「なら、なぜ自分から彼に直接連絡をとろうとしないんですか。家も近い。入院先の病院だって、職場で知ったはずです。なのに、訪ねることも詫びることもしないのはどういう神経ですか。馬鹿なんですか？」

にこにこと微笑みながら、穏やかな口調で瀧が虎太郎を抉《えぐ》る。

「伺っても、ご迷惑かと、思いまして」

「怖かっただけでしょう。けんもほろろに追い返されるのではと。あるいは、弟さんのためですか？　そんなことを言いながら、結局のところ自分の保身だけしかあなたは考えていない」

「…………」

「あなたのご生育や、数奇な体質に対して、少々同情はします。ですが、弟さんのためだの迷惑かもだのと言い訳して、自分の意見も望みもはっきり主張しない姿勢は軽蔑《けいべつ》します。……反論があるなら、聞きますが」

「……いえ」

耳が痛いばかりだった。

「では」

形ばかりの会釈をして、瀧は出ていった。

残された虎太郎は、しばし、呆然とその場に立ち尽くす。

反論をしようと思えば、できたはずだ。なのに、口は動かなかった。

「兄ちゃん」

獅央の声に、虎太郎は振り返った。

そう、まずは。

きちんと、弟と話し合わなければ。

「獅央、もう一度、あの日のことをちゃんと話して」

「……わかった」

二人は茶の間に戻り、向かい合って座った。

「そこにどう書いてあったかは知らないけど、俺はあいつに呼び出されて、怪我させられて、それで怒った兄ちゃんがやり返しただけだよ」

「果たし状は、最初に獅央が出したとなってたよ」

「それは、知らない。あいつらの嘘だよ」

獅央は唇を尖らせ、視線をそらす。

「一億とか、大変だけど……分割とかできるなら、俺も一生懸命働くからさ。だから、それで終わりにしようよ。それでいいじゃん」

「…………」

たしかに、金のことなら、苦しいけれどもなんとかなる。でも、問題はそこじゃない。

「獅央。もう一度、教えて」

「なにを！　何度聞いても、同じだよ？」

「そうじゃなくて、……ハリムさんは、獅央になんて言ったの？」

最初に聞いたときから、違和感があったところを、虎太郎は問いただす。

「だから、赤江虎太郎から離れろって。虎太郎は俺がもらうとかなんとか。それがどうかした？」

「そう、言ったんだ。赤江虎太郎って」

「そうだよ。他にいないじゃん」

いらだたしげに頭をかいた獅央から、虎太郎は目を伏せた。外見からはわからないが、もし耳が出ていたら、きっとぺしゃりと垂れていたことだろう。

「……兄ちゃん？」

「だめだよ、獅央。お前、嘘をついてる」

「なんで!?」

顔をあげないまま、虎太郎は答えた。

「ハリムさんは、僕を虎太郎って呼ばないんだ。ガミール・ネムル《美しい虎》って、いつも呼ぶんだよ」

むしろそれ以外で呼ばれたことがない。本名をちゃんと知ってるのか、訝っていたくらいだ。

だから。

そんなふうに、ハリムが言うわけがない。

「………」

兄弟の間に、重苦しい沈黙が落ちた。

茶の間の壁にかけられた古い時計の秒針の音だけが、いやに耳についた。

「そう、だよ」

ようやく観念したように、獅央が口を開く。

「獅央」

「だって‼　兄ちゃんが、可哀相だと思ったから‼　あんなよくわかんない野郎に振り回されて、毎日帰るのも遅くなってて、ゲームのペットのこともあんま言わなくなって。だから、俺が、もうつきまとうなって引導渡しにいったんだよ！　兄ちゃんのために！」

獅央はそう主張しながらも、今にも泣き出しそうに顔を歪めている。

そんな弟の姿を、ただ、じっと虎太郎は見つめていた。

「果たし状は、俺が書いた。でも、試合に指定した場所が変更されて、あの道場になったんだよ。だから、呼び出したのはあっちなのは、本当だよ。……それで、行ったら、あっちの、瀧って奴のほうが、俺と剣道で試合することになって。ずるいんだ、あいつ。自分は経験ないからって、見物でさ」

「それで、お前が勝ったの？」

「…………」

言いたくない、と頬を膨らませて、獅央が顔をそらす。その態度から、返答がなくともわかった。勝負は、瀧が勝ったのだ。

「わかった、それはいいよ。それで、お前が倒れたの？」

「違う！　それは試合じゃなくて、俺が…その、胴着の裾に躓《つまず》いて、転んだから」

「……じゃあ、ハリムさんはたまたま、あのとき竹刀を持ってただけ？」

「…………」

獅央は再び黙り込む。つまり、そういうことだ。

（なんてこった……）

虎太郎は、愕然《がくぜん》とする。

完全に、ただの虎太郎の勘違いだ。これじゃあ、訴えられても仕方がない。

「謝りに、行ってくる」

「なんで！　っていうか、おかしいよ。兄ちゃんは、あいつが嫌いなんだよね？　迷惑がってるよね？　なのに、なんで？」

「いくら嫌いでも、お詫びをするのは社会人として当然だからだよ」

「……本当にそれだけ？」

獅央の目が、真剣味を帯びる。大きな両手が虎太郎の肩を摑んで、そのまま壁に押しつけられた。

「なに？」

相変わらず無表情のまま、虎太郎は弟を見つめ返す。

「なんで、兄ちゃんは、落ち込んでるんだよ。俺がせっかく、あいつから自由にしてやったのに、なんで？」

自由、という言葉にぴくりと虎太郎の肩が揺れる。

ハリムも、かつてそう言っていた。でも、ハリムの言う自由と、獅央が言う自由は、なんだか違って聞こえる。

「謝るなら手紙でもいいじゃん。金だって払うし！　だから、もうあいつと会わないでよ！　すっぱり忘れてよ！　嫌いなのに、無理しないでいいんだってば!!」

「けど、それは」

「俺のためなんでしょ。あいつとつきあうのは仕事で、それは俺のために辞められないのはわかってるよ。でも、それなら言うけど、俺は大学受験やめたっていいんだよ？　すぐ働いて、一緒にお金返したっていいんだよ、マジで！　だから、もう、我慢しないでよ。あんな奴の傍に行かないで。俺の、俺だけの兄ちゃんでいてよ……」

壁際に追い詰められたまま、獅央の顔が近づく。額が触れあい、やがて、その唇も重なろうとした。

「獅央！」

咄嗟に顔をそらし、虎太郎は獅央の肩を押し返す。

「なんで、だめなの？　俺、兄ちゃんのこと世界で一番好きだよ？」

「馬鹿。だめに決まってるだろ」

「どのみち男同士で子供ができるわけじゃなし、兄弟でなにが悪いんだよ」

「そういう問題じゃない」

「それとも……本当は、あいつがいいの？」

獅央は虎太郎の両手を摑み、再び壁に押しつける。今度は、本気の力で。

「本当は、嘘だよ。兄ちゃんのためじゃない。兄ちゃんが……変わっていっちゃうのが、

嫌だった。俺以外の奴と、楽しそうにしてるのが許せなかった」

「獅央……」

可愛い弟をやめた獅央の告白に、虎太郎は絶句する。

「馬鹿みたいだけど、あのゲームのペットだって嫌だったんだ。だから、コード隠したのも、本当は俺だよ。……なのに、そのせいであいつに兄ちゃんの秘密がバレるなんて……」

獅央が、自嘲《じちょう》気味に低く笑う。そんな表情も、虎太郎は初めて見るものだった。

「……けど、俺が兄ちゃんを好きなのは変わらないから。それに、それが兄ちゃんのためだよ。俺ならずっと一生、絶対、兄ちゃんの傍にいてあげる。兄弟なんだから」

虎太郎は、混乱していた。

一方的に吐露された真実についていけずに、ただ、頭のなかでいろいろな単語だけがぐるぐると浮かんでは消え、目眩《めまい》がして。

「……ご、めん」

「兄ちゃん？」

「気持ち、悪い。……吐きそう」

「え？」

　青い顔で口元を押さえた虎太郎に、それがリアルな生理現象だと理解して、さすがの獅央も腕を解いた。

「水持ってくる」

「……うん」

　頷いて、ふらふらと虎太郎は洗面所に向かった。こみあげる嘔吐《おうと》感に堪《こら》えきれず、胃のなかのものをほとんど吐き出す。けれども、ここのところ食が細くなっていたせいで、出てくるのは喉を焼く胃液ばかりだった。

　冷たい水で口をゆすぎ、顔を洗うと、少しスッキリする。

　心配げに獅央が持ってきてくれた水を飲み干し、虎太郎は改めて、獅央に切り出した。

「……獅央」

「うん」

「僕は、お前が世界で一番大切な弟だけど、……でも、そういうふうに、好きなわけじゃない」

「…………」

「でも、嘘をついたことは、怒らない。だって、僕も、同じことをしてた。……お前のためって言いながら、ただ、僕の気持ちを押しつけてた」

自分のかわりに、普通の生活を送ってほしかった。

なによりも、弟のためだから、ハリムとつきあうことを我慢してると言い訳をしていた。

だから、獅央は果たし状を送ったのだ。

虎太郎の言葉を、信じたから。だから、獅央に非はない。責任は、虎太郎にある。

けれども。

「それを、僕も認める。だから、お前も認めて。獅央も、僕のためって言いながら、自分の思い通りにしたいだけなんだよ」

淡々と紡がれる虎太郎の指摘に、獅央はうつむき、肩を落とした。

父親がいなくなってから、二人きりで身を寄せ合って暮らしてきた。お互いに相手を大切に思ってきたつもりだ。だがそれが、いつしか、ただの共依存になってしまっていたのだろう。

「……変わらないと、だめなの？」

「うん。大人にならないと、だめだと思う。それでも、僕にとって獅央は、世界でたったひとりの、大切な弟だから」

虎太郎は、獅央の頭を撫でた。

それが、獅央の望む形ではないとわかっていても。

「俺にだって、世界一、大切な兄ちゃんだよ」

そう答えた獅央の声は、微かに震えていた。

「ありがとう」

「でも、さ。そしたら、兄ちゃんは、本当はあいつのこと」

その続きを、虎太郎は遮って。

「さ。ビデオ見よう。今週のペット大行列、まだ見てないんだ」

「兄ちゃん……」

本当は、ハリムをどう思っていたのか。

それは、まだ、虎太郎のなかでハッキリしない。

自分がどうしたいのか、自分がどう感じているのか、なんてこと、今まできちんと言語化しないで生きてきた。そんな虎太郎にとっては、まだまだ、複雑すぎる問題で。

「とりあえず、明日仕事帰りに、お詫びにいくよ」

「なら、俺も一緒に行く。──大丈夫だよ。ちゃんと、謝るから」

若干ばつが悪そうに付け加えた獅央に、虎太郎は頷いた。

「……そうだね。わかった。じゃあ、獅央も学校が終わったら、大学に来て」

謝って、それでどうなるかはわからない。でも、まずはそこから始めないといけないと思った。

（いや、違うな）

終わらせなくては、いけないんだろう。

ハリムが現れてからの、この、困惑に満ちた――それから、少し楽しかった、日々を。

大概の事件はそうであるように、それは、唐突に起こった。

一方そのとき、虎太郎は。

(謝るっていっても、手土産とか常識的にいるだろうな。甘い物……いや、ハリムさんは果物のほうが好きそうだった。駅前のヤマナカヤで包んでもらえばいいか？)

午後の仕事に取りかかりながらも、頭の隅でそんなことを悩んでいた。

相手はなにせ億万長者だが、自分のできる範囲で用意するとなるとそれくらいしか思い浮かばない。

病院は退院して、自宅静養になっていることは、届け出からわかった。それなら獅央とは、自宅待ち合わせでもよかったかもしれない。電車代がもったいないから、家で待ってろと連絡すべきか。

(なにせこれから一億円の借金もちだからな。節約していかないと)

分割支払い可とは書いてあったから、銀行や消費者金融のお世話にはならないで済みそうだが。どちらにせよ、胃が痛くなるような金額だ。

(公務員はバイト禁止だからな。……いっそ腎臓《じんぞう》でも売ったほうが……)

虎太郎がそんな危険なことを考えはじめた矢先だった。

「うわ、なにこれ。近所じゃん！」

パソコン画面を見ていた竹山が、急に声をあげた。ちょうど山里は席を外していて、自然、虎太郎がなにごとかと尋ねる。

「どうしたんですか」

「ツイッター見てたら、なんか虎が出たとか大騒ぎになってんの。しかもそれ、超近所！」

「就業時間中にツイッター見てることに関しては悪びれないんですね」

まぁいつものことといえばそうだが。

「あ！　テレビでもやってるって！」

興奮しきった口調で、竹山はスマホを鞄から取り出すと、さっさとＴＶ画面を起動させる。

「竹山さん……」

「だってこれ、生徒の帰宅とかにも影響するかもしんないじゃん？　だって大騒ぎよ？」

そう言われると、たしかに一理ある。

「あ、映った映った。へー、しかも、ホワイトタイガーだって！」

「ホワイトタイガー……？」

「どこもワイドショー、こればっかかだっていうか、これ虎太郎ちゃんの家の近くじゃね？」

竹山が切り替えた画面には、次々と、いろいろな角度からの映像が映る。テレビ局がドローンやヘリを飛ばして上空から捉えたものや、あるいは視聴者映像として、ＹｏｕＴｕｂｅのあらい画像も使われていた。そこにはたしかに、日常の街の一角を優雅に走り去る白い虎の姿が映っている。

「……カマル」

虎太郎が見間違えるはずがない。あれは、絶対に、カマルだ。

「虎太郎ちゃん、知ってんの？　あ！　もしかしてあれ、王子様の虎⁉」

「王子じゃないですけど、ハリムさんのところの子です」

「この期に及んでまだ突っ込み忘れないってすごいね、虎太郎ちゃん」

竹山が妙な感心をしたところで、山里も事務室に戻ってきた。どうやらニュースはすでに耳に入っているらしく、いつになく足取りが慌ただしい。

「ニュース見てる？　ああ、やっぱり。竹山くんなら気づくと思ったわ」

「あたりきしゃりきっす！」

ガッツポーズで答える竹山に、「あんまり褒めてはいないけどね」と山里は釘《くぎ》を刺す。

「山里さん。対応はどうしますか」

「とりあえず、このあたりは大丈夫みたいだけど……学長に確認しないとね」

「わかりました」

「わー、すげ！　ハンターとか出てきてる。これ、マジの銃かな？」

その言葉に、虎太郎は思わず竹山の持つスマホの画面を覗き込んだ。たしかに、猟銃を持ったハンターや、警察だけでなく、盾をかまえた機動隊も出動してきているようだ。

「やべー。機動隊とかも来てるっぽい。このへん封鎖とか……って、虎太郎ちゃん？」

カウンターをひらりと飛び越えた虎太郎に、竹山が目を丸くする。

「すみません。自転車貸してください。それと、対応はお願いします！」

「ええっ!?」

「頼りにしてますから！」

すぐさままた電話が鳴る。今度は保護者関係だろうか。竹山は恨めしげながらすぐに愛想よく電話に出た。

（カマル、どうして外に？）

耳と尻尾が出ないよう堪えつつ、虎太郎は事務室を飛び出す。

　ひっ摑んできたスマホで瀧に連絡をとろうとしたが、生憎《あいにく》まだ着信拒否されている状態だ。仕方がないと切ろうとしたとき、逆にスマホが勢いよく手の中で震えだした。獅央からだ。

「獅央？」

『兄ちゃん？　今最寄り駅まで来たんだけど、なんかすごい騒ぎで、大学に行けないんだよ』

「わかってる。無理しなくていいから」

　会話しながらも、虎太郎は足早に校門に向かっていた。

『もしかして、噂《うわさ》の虎って、兄ちゃんとこに行ってるの⁉』

　虎太郎の指示の声が聞こえたのだろう。獅央が驚きと焦りの混じった声をあげる。

「あれはカマルなんだ」

『カマルって……兄ちゃんが可愛がってた？』

「そう。だから、僕が行かないと。……見えてきた。切るよ」

『危ないってば、兄ちゃん‼』

　獅央の必死な声を振り払い、虎太郎は通話を切った。

現場は、物々しい雰囲気に包まれている。盾を持った機動隊や、野次馬を整理する警察。上空を旋回するヘリ。猟銃や大きな網を持った専門家らしき人々。さらに、報道陣。

そして、彼らに遠巻きにされている、白い大きな獣が一匹。それは、虎太郎の足音を聞き分けたのか、まっすぐに青い瞳《ひとみ》を向けた。

たしかに、カマルだった。

「君、止まりなさい！」

呼び止める警察を「すみません！」と振り切り、必死でこいできた竹山の自転車をその場に乗り捨てて、虎太郎はカマルの目の前に飛び込む。野次馬から悲鳴とも歓声ともつかない声が湧《わ》き起こった。

「カマル、大丈夫？」

カマルは短く鳴いて、虎太郎の前に座る。

まるで、虎太郎の数日間の不在を責めているようだった。

「ごめんね。会いに行けなくて。……僕が、臆病《おくびょう》で」

カマルを撫でると、ようやく少し機嫌をなおしてくれたのか、ぐいっと大きな頭が虎太郎の手のひらに押しつけられた。その力強さに、嬉しくなる。

けれども。

「すぐ離れなさい!!　危険だ!!」

「襲われるぞ!!」

途端に周囲から響く怒号に、カマルは耳を伏せ、大きく尻尾をぱたんと揺らした。そして、軽くそちらに向かって、唸《うな》り声をあげてみせる。

「早く！　麻酔銃を!!」

「やめてください!!　僕は、大丈夫ですから！　……カマル、落ち着いて」

カマルの首に抱きついて、虎太郎は周囲を見回した。無意識に、ハリムを探して。

こんな騒ぎのときは、絶対に、ハリムがいるはずなのだから。

いや、もしかして。カマルもまた、ハリムに捨てられてしまったんだろうか。それで、虎太郎を頼ってきたのかもしれない。

「カマル、ハリムさんは……？」

思わずそう問いかけたときだった。

「準備できました」

「よし」

きびきびと指示が飛び、麻酔銃の銃口がカマルに向けられた。

「…………！」

咄嗟に、銃口とカマルの間に、虎太郎は立ちふさがる。

「どきなさい！」

「嫌です」

「兄ちゃん、やめてよ!!」

なんとか駆けつけた獅央の声も、今の虎太郎を止めることはできない。

「殺すわけじゃない！」

「……それでも、排除するつもりなんでしょう？」

カマルがなにをしたっていうんだ。

ただ、虎として生きているだけだ。

それでも、言うのか。

『おとなしくしていても、なにをするかわからない』

『なにかあってからでは、遅い』

……初めから、自分と違う存在を、受け入れるつもりなんてないくせに。

どうせ。

誰も、わかってなんて、くれない。

カマルと自分を重ね合わせ、怒りと悔しさが虎太郎のなかで爆発しそうになる。

衆人環視のさなかで、耳と尻尾を顕現させせそうになった、まさにその瞬間。

バラバラバラバラ……と、今までも聞こえていた上空のヘリの音が、ひときわ大きくなった。そして、同時に空からひらひらと降ってくる、紙吹雪。いや、紙ではない。それは。

「……万札!?」

わああっと野次馬たちの声が大きくなる。取り囲んでいた警察官たちも、なにごとかという顔でお札を拾い上げた。そして、注意がそれたその間に。

「俺の子たちが騒がせてすまない。それは、ほんのお詫びの気持ちだ」

ヘリから響き渡る声を、虎太郎はよく知っている。カマルが上空を見上げ、小さく鳴いた。

いつの間にかトラックが横付けされ、降りてきた黒服たちがてきぱきと虎太郎とカマルを囲んで黒い天幕を張り巡らせる。報道陣がいる方向に向かってだけ開かれたその幕の中心に、幕と同じく黒い床と、大きな台が設置された。四つ脚で支えられた、下は空洞になっているステージだ。

そして唐突に流れだす、『オリーブの首飾り』のメロディ。

「な、なに⁉」

ぽかんとする間に、かつてのように縄ばしごで下りてきたハリムが地面に降り立つ。そして、優雅に観客に向かって一礼をした。

「……なにが起こるのでしょう?」

手に万札をしっかと握ったまま、レポーターがぽかんとして呟く。はっきりいって、その場の全員がそう思っていた。もちろん、虎太郎も含めて。

なおも続くメロディのなか、無言のままハリムは虎太郎とカマルの前に立った。そして、安心させるように微笑むと、虎太郎の手をとる。

「……ハリムさん」

会えたときには、いろいろ伝えねばならないことがあった。でも今は正直、それ以外なんの言葉も出てこない。

ただハリムの手に従い、ステージにあがる。カマルも促され、悠然とした足取りで、ハリムについて同じくステージに上った。

「そのまま、じっとしていてください」

音楽に紛れて、小声で聞こえたのは瀧の声だ。ハリムはというと、さらに客席に手をあげてアピールをしてから、一足先にステージを下りる。そして、二人の黒服が、赤く大きなサテンの布を客の前に広げ、そのまま一気に、虎太郎とカマルの横を走り抜けることで、その布を覆いかぶせていく。

　視界が薄赤く染まった、その間だ。

「こっちです」

　ぐいっと手を引かれ、なにがなんだかわからないままに、虎太郎はカマルとともに、狭い場所で身体をちぢ込めていた。

　一方その頃、ステージはというと、見事に空っぽだ。

　あっけにとられる観客に向かって、ハリムはまた、優雅に腕をあげ、一礼をしてみせた。

「………素晴らしい！　白昼の、世紀のマジックです！」

　職業意識あっぱれなアナウンサーが、大声でそう締めるなり、大きな拍手があがった。

　野次馬たちも、なにかテレビの企画だったのだろうと口々に言い納得をしている。

　ハリムの背後でセットがバラされ、トラックに運び込まれていく。……その機材に混じって、そのまま虎太郎とカマルも、トラックの荷台に乗せられていた。

「……な、なにがなんだか」

「初歩的な手品ですよ。セットがあれば誰にでもできます」

　答えたのは、瀧だった。先日以来、なんだか久しぶりな気がする。

「あの……助けてくれて、ありがとうございます」

あのままでは、また虎太郎は暴れだしかねなかった。心から、虎太郎は頭を下げる。

「礼は、ハリム様に。カマルとあなたを救い出せ、というのが命令でしたから。どんなオーダーであろうと、主人の意思に従うのが執事ですので。私は私の職務を全うしただけです」

にこやかに、しかし相変わらずな態度で瀧は答えた。

「あの、カマルはどうして？　その、……ハリムさんは、カマルも捨てるつもりだったとか」

「まさか」

虎太郎の疑惑を、即座に瀧は否定する。

「敷地内の監視の隙をついて、出ていったそうです。理由は、カマルがそうしたかったというだけでしょう。相手がなにを考えているのかなんて、百パーセントわかるはずがない。私にわかるのは、ただ、カマルがあなたに会いたかったから、というそれだけです」

「カマル……」

傍らのカマルを見やると、ざらついた大きな舌で、ぺろりと虎太郎の手を舐《な》めた。

『そうよ。ただそれだけよ』

その態度は、ひどくシンプルで、その分力強く思えた。まっすぐな愛情に触れて、胸が熱くなる。

「カマルは、キレイだね」

以前よりずっと心から、虎太郎はそう褒めた。ハリムがカマルを愛する理由が、よくわかる。けれども。

「瀧さん」

「なんですか」

「あの、自分でもつまらないことを聞くと思うんですが。ハリムさんは、僕を珍しいというだけで、かまってくれていたんでしょうか」

突然の質問に、瀧は瞬《まばた》きをする。それから、にこやかに。

「黙っておくように言われましたが。……虎太郎さんは、ハリムさんの初恋の人によく似ているそうですよ。顔立ちというより、雰囲気が。なんでも、幼いうちに相手は病気で亡くなってしまったそうですが。それでなおのこと、ハリム様はあなたにご執着したのかもしれませんね」

「そうですか……そんな、ことが」

でも、これで納得できた気がする。そういうことか、と頷いた虎太郎に、瀧は笑顔のままさらりと言った。

「……と、でも理由があれば納得しますか？」

「え？」

「嘘です」

いけしゃあしゃあと瀧は口にした。常に無表情の自分が言うのもなんだが、常に笑顔の瀧も、なにを考えているかさっぱりわからない。

「人間、納得するために理由や理屈を必要とします。それがゆえに宗教やたたりといったものが発明されたんですから、仕方のないことですが。それでも、私が思うに」

瀧が、まっすぐに虎太郎を見つめる。その瞳の色は、珍しく本当に和らいだ色をしていた。

「好きだという感情は、理由や理屈の通用しないところにあるのではないでしょうか」

「…………」

人より優れた点があるとか、変わっているとか、そんなことはしょせん、根本的な理由にならない。

なぜだかわからないけれども、惹《ひ》かれてしまう。目が離れず、心が騒いで、いつも頭を占めてしまう。迷惑なほどに。

それが、『好き』ということなのかもしれない。

……そう、今の虎太郎になら、理解できた。

「それで、あなたはどうするんですか。このまま家に送りますか」

黙り込んだ虎太郎に、瀧が尋ねる。答えは決まっていた。

「……ハリムに、会いたいです。会わせて、ください」

「先ほど会ったかと思いますけども」

「謝りたいんです！　ちゃんと！　それから……その、他にも、いろいろ、伝えたいことが、あるんです」

瀧は暫し考え込むように押し黙った。しかし、そんな瀧をせっつくように、カマルが小さく唸る。

「……わかりました。あなたにはカマルがついてますから、私は分が悪い。それに」

ため息まじりに、しかしどこか嬉しげに、瀧は付け加えた。

「それがあなたの意思ならば、私は尊重しましょう」

「……はい」

力強く、虎太郎は頷く。そんな虎太郎の肩に、『よく言えたわ』というふうに、カマルがそっと額を擦《こす》りつけた。

硝子《ガラス》の宮殿につくと、カマルは悠々とした足取りで森の奥に戻っていった。こんな騒ぎを起こしたところで、まったく気になどしていないように。

実際、そうだろう。カマルはただ、したいことをしただけだ。

瀧は「後始末がありますので、私はここで」と出ていく。

「あの。本当に、ありがとうございました！」

瀧に向かって、虎太郎は深々と頭を下げて見送った。

ハリムはヘリで先に戻っていると聞いている。たぶん、カマルが向かった先にいるのだろう。

宮殿のなかは、まだ日の長い太陽に照らされて、きらきらと眩《まぶ》しい。

初めてここに足を踏み入れてから、長いような、短いような、不思議な感じだ。

「…………」

噴水の横。いつもの場所に、ハリムは座っていた。鮮やかなペルシャ絨毯の上に、白い長衣《カンドゥーラ》と、頭巾《クトゥーラ》を広げて。その傍らで、カマルも身を横たえている。

それを目にした途端、虎太郎の耳と尻尾があらわれた。

喜びというよりも、それは、心の解放のせいだった。

ここでは、かまわない。大丈夫なのだと、理性より本能が反応していた。

「ハリム、さん」

「無事でよかった。……ガミール・ネムル」

久しぶりにその声で、その名前を呼ばれて、虎太郎の目頭が熱くなる。

虎の脚力でもって、数歩を跳ねるようにしてハリムに近づくと、彼の目の前に虎太郎は膝をつく。

「怪我は、もういいんですか」

「ああ。まわりが心配しすぎなんだ。噛まれるのもひっかかれるのも、俺は慣れてるんだがな」

ハリムは口角を上げ、ウインクをしてカマルを撫でる。

「お前にも、一度ひどくやられたっけ？」

『あら、忘れたわ』

カマルはそう、尻尾を一度大きく振って、そのまま立ち上がる。二人きりにしてくれるつもりなのか、あるいはただ寝場所を変えたいのか、ゆったりとした足取りでさらに温室の奥へと歩いていった。

「やれやれ」

その姿を見送り、ハリムが笑う。

「……あの。本当に、すみませんでした」

がばりと地面に両手をついて、虎太郎は頭を下げる。両耳もぺたんと伏せて。

「僕の勘違いのせいです。反省してます」

「勘違い？」

「はい。てっきり、ハリムさんが、弟を怪我させたのかと……でも、ちゃんと、弟から事情を聞きました。ハリムさんは、なにも悪くかった」

「そうか。それがわかってくれたなら、かまわないよ」

いつもながら、ハリムの態度は寛容だ。

「それに、少し嬉しかったしな」

「嬉しい、とは」

予想外すぎる言葉に、虎太郎は無表情のまま数度瞬きをした。

「あんなふうに本能のまま怒れるほど、もう俺に甘えてるんだろう？　俺は、俺の前で、ガミール・ネムルが感情を堪えているのが一番嫌なんだ」

「………」

日本語なのに意味がわからないように、暫し虎太郎は呆《ほう》けていた。

喜んだり、泣いたりしてもいいとは、言われたことはある。

でも、『怒ってもいい』なんて、言われたのは初めてだ。

「むしろ、あの姿は野性味があって美しかったな。……ああ、だけど、俺以外には、見せないでいいぞ。この姿を堪能《たんのう》できるのは、俺だけでいい」

独占欲をちらと覗かせ、ハリムは艶《つや》のある笑みを浮かべる。そして。

「それより、久しぶりなんだ。ゆっくり顔を見せてくれないか？　ガミール・ネムル」

「…………」

傍に来てくれ、と誘いかけるハリムに、虎太郎は露骨に躊躇いをみせる。それは以前の、嫌だからという態度ではなく、本当に尻込みしている様子だ。

「どうした？」

「……無理だ、と言ってたじゃないですか」

虎太郎の眉が、微かにたわんだ。

「無理、とは？」

「僕が倒れた後に、……『これでは、無理だな』と。僕が予想以上に凶暴だったからじゃないんですか？」

どこか恨めしげに虎太郎が言うと、ハリムは暫し目を閉じ、記憶を掘り起こしているようだった。それから、ようやく「ああ」と目を開け、苦笑を浮かべる。

「聞かれてしまったのか。しまったな」

やっぱり、そういう意味なのか。

虎太郎の耳と尻尾が、いよいよ情けなく垂れ下がった。

「ガミール・ネムルは、少しばかり勘違いが多いな。まぁそこも可愛いけれど」

ハリムが腕を伸ばし、虎太郎の手首を掴むと、勢いよく自分の膝の上に引き寄せる。反射的に背中を丸めてくるりと半回転し、虎太郎はハリムのあぐらをかいた膝の上におさまった。

久しぶりに嗅《か》ぐ、ハリムの身体にまとった甘い匂いに、胸の奥が疼《うず》く。

「もう少し、ドラマチックに渡すつもりだったんだがな。仕方がない」

「渡す？」

「ああ」

ハリムが懐から出したのは、シンプルな金のリングだった。石もなにもついていない、ハリムにしては素っ気ないほど簡素なものだ。

「手を出して」

「……僕に？」

わけがわからない気持ちで見守っていると、ハリムは虎太郎の右手の薬指にその指輪をはめた。ただ、少しサイズが大きいようだ。

「やはり、ぴったりというわけにはいかないか」

「あの、これは一体」

プレゼントだろうけれども、それと『無理』という呟きがどうつながるのかさっぱり謎で、虎太郎は耳を伏せたまま尋ねる。

「手作りの指輪なら、喜んでくれるのだろう？」

「……え」

虎太郎は、絶句した。

そういえば、そんな戯《ざ》れ言《ごと》を以前口にした気がする。すっかり忘れていた。

『うちの一族は代々、親しくなりたい相手には手作りのものを渡すしきたりなんです』

あんな出任せを、覚えていて。

本当に、作ってくれたなんて。

「まだ練習中だったのだがな。あの腕では、しばらく作業ができないなと思ったんだ。……だから、無理だなと」

「そんな、意味で」

虎太郎は、つくづく自分が嫌になった。

適当なことを言って、まわりを振り回して。そのあげくに、勘違いばかりだ。

「ガミール・ネムル？　どうした？　喜んでくれないのか？」

「嬉しい、です。嬉しいんですけど……自分が愚かだなって、嫌になってしまって」

「人間は誰しも、不完全なものだよ」

慰めるように、ハリムの手が虎太郎の頭を撫で、額に唇が触れる。そのくすぐったさに、ぴくぴくと虎太郎の耳が揺れた。

「すまないな。不安にさせて。もう少し早く迎えをやるつもりだったんだが、瀧が許してくれなくてな」

「それは……仕方がないと思います」

あの夜、瀧は相当怒っていたし、それも当然だと今は虎太郎も思う。

それに、たぶん。会えなかったからわかるのだ。こうして再び抱きかかえられて過ごす時間が、どれだけ幸福か。

一方、無意識に喉を鳴らす虎太郎を撫でながら、ハリムは内心で、「なるほどな」と思っていた。

『迎えに行くのには、反対します』

日頃は常にオーダーには絶対な瀧が、珍しくそう口にしたのは、手術を終えてすぐのことだったか。

『しかし、俺がいない間に、誰かガミール・ネムルに近づく奴がいたらどうするんだ』

『その場合は秘密裏に処理しておきますのでご安心ください。それよりも、今は一旦ひくべきです』

『ひく？』

軍師のようなことを口にして、瀧は『僭越ながら』と前置きの上で、続けた。

『アメとムチという言葉もございます。その両方をもって、躾けとは成功するものです。アメばかりでは、そのありがたさが理解できないものです』

『そういうものか？』

『そういうものです。ビジネスにおいても、駆け引きがあるのと同じでございます』

その言葉に、なるほどとハリムも納得した。

『わかった。任せよう』

『畏《かしこ》まりました』

――そんなやりとりがあったわけだが。

カマルが脱走するのは、瀧にしても予想外だったろう。とはいえ、おおよそ、計画は成功したといえる。

（つくづく優秀な執事だな）

だがそのことについては、虎太郎には黙っておくことにした。

駆け引きも大切だから、というわけだ。

ただ、その一方で。

自分にとっても、その期間がムチになるとは予想外だとハリムは思う。

今、自分の手のひらにうっとりと頬を寄せ、喉を鳴らして目を細めている虎太郎が、可愛くて仕方がない。

カマルが虎太郎を迎えに行ったのは、きっと自分のためだろう。あるいは、業を煮やしたか。

（どちらもありそうだな）

ハリムはくつくつと笑みを漏らした。

「ハリムさん？」

顔をあげた虎太郎が、「あ……」と今さらに微かに羞《は》じらいを滲《にじ》ませる。相変わらず表情の変化は微々たるものだが、ハリムにもこの頃は、そのわずかな変化が見て取れるようになっている。同時に、虎太郎もハリムに対しては、多少顔面の筋肉が動くのだろう。

「このままでいろ」

「……はい。でも、あの。もう一つ、お願いがあって」

「なんだ？　なんでも言うといい」

「その……一億円のこと、なんですが」

「一億？」

「はい。慰謝料の」

そんな請求までしていたのかと、内心でハリムは驚く。軽くお灸《きゅう》を据えるとは聞いていたが。

「その一億がどうしたんだ？」

ハリムにとっては、たいした額ではない。だが、小市民の虎太郎にとっては、大変な金額だ。

「できたら、分割にしてほしいんです。ただそれでも、何年かかるかわからなくて」

「なんだ」

気にしなくていい、と言いかけて、ハリムはやめた。

それよりも、もっといい方法を思いついたからだ。

「……それなら、他の条件を出そうか」

「なんですか？」

神妙な面持ちで、虎太郎が尋ねる。その顔を覗き込むようにして距離を詰め、ハリムは囁《ささや》いた。

「ガミール・ネムルを、俺が一億で買おう。それで返せば問題ないだろう？」

「え……」

「もっとも、ガミール・ネムルの価値は、一億程度のはした金ではないが」

「でも、それは人身売買では」

「では、結納金かな？　……愛してるよ、ガミール・ネムル。もう離れるなど、考えたくもない」

ハリムの緑の瞳が、まっすぐに虎太郎を見つめていた。

「…………」

男同士だとか、人身売買とそれほど変わらないのではとか、仕事や将来はどうするんだとか、この期に及んで理性はけちをつけている。けれども、その奥の、本当の気持ちに虎太郎は耳を澄ませた。

ずっと聞こえないようにしてきたから、心の声はか細いものだったけれども、でも、迷いなく強く、たったひとつの答えを叫んでいた。

「……僕も、です。あなたの、傍に、いたい」

そんなことを、他人に言う日が来るなんて、虎太郎は今まで考えもしなかった。

そう言える日が、来るなんて。

「あなたが、好き、です」

ぎこちなく、でも精一杯に、耳も尻尾も震わせて告白する。

繰り返した言葉は、ハリムの強引で情熱的な唇に消えた。

「好き、で…」

「……は、……」

逃げられないように抱え込まれたまま、顎を掴まれ、唇を貪《むさぼ》られる。

怖いとは思わない。

ただ、ぞくぞくと身体の底から湧き上がる快感の予感が、虎太郎の華奢《きゃしゃ》な身体を震わせていた。

絨毯の上に押し倒され、ハリムの身体が覆いかぶさってくる。いつの間にか日は落ち、ハリムの肩越しに見える濃緑の葉のむこうの空は、澄んだ群青色だった。

「あ、あの」

こめかみや頬、白い首筋にも、ひっきりなしにハリムの唇が落ちる。そのたびに耳をぴくんと揺らしながらも、虎太郎はくいっと背中に回した指先でハリムの長衣《カンドゥーラ》をひく。

「なんだ？」

愛撫《あいぶ》は止めないまま、ハリムは答える。

「その……ここ、で？」

いくら経験がないとはいえ、この状況がなんなのかわからないほど子供でもない。

「嫌か？」

「シャワーとか、……汚いかも、しれませんし」

「どこがだ。どうしても気になるなら、噴水に入ろうか？」

真顔の提案に、虎太郎は首を横に振る。

「もう焦《じ》らすな。さすがに俺も、これ以上は優しくできないぞ」

「ぁ、っ！」

首筋に軽く歯をたてられ、甘やかな痛みに思わず声が出る。

スーツの内側に入り込み、虎太郎の身体を撫で回す大きな手のひらが、逃がさないとなにより雄弁に告げていた。

「……ハリム、さん……」

動悸《どうき》が激しくなる。指先までも、甘く震えている。

そうだ。

もう、心の声に従うことにしたのだ。この人の前では、そうしていいと。

……ならば、答えはもう、出ている。

「……もっと、触って、くだ、さい」

頬を薄赤く染めて、虎太郎はそう口にした。

それが、今の、自分の素直な欲望だと認めた。

「一晩中でも。いや、三日三晩でもいいぞ」

「ん、ぅ」

再び、唇が重なる。自分からも舌を絡め、たどたどしくも、虎太郎は溺《おぼ》れそうな口づけに必死に応《こた》えた。

もどかしげにスーツを脱がされ、白いシャツを一枚羽織っただけの虎太郎の前で、ハリムも長衣《カンドゥーラ》と頭巾《クトゥーラ》をとる。褐色の体軀《たいく》は意外なほどに鍛えられていて、虎太郎は同性として素直に羨望《せんぼう》の眼差しを向けた。

素肌で抱き合うと、なめらかな肌の感触にも驚く。けれども、その感触を確認する余裕など、ハリムは与えてくれなかった。

「美しい肌だな」

そう口にすると、鎖骨のあたりや胸元に、ハリムは口づける。強く吸われて痛みに目を細めると、そこには赤く彼の所有印が残っていた。

「ほら、綺麗な色だ」

「ぁ、……、っ」

花びらを散らすように、ハリムは楽しげにいくつも痕をつけていく。胸元から、なだらかな腹部まで、それは広がっていた。当分人前では、虎太郎は肌を晒《さら》すことなどできないだろう。

小さな乳首にも吸いつかれ、痺《しび》れるような感覚に虎太郎は喉をそらした。

「え……？　ん、ぅっ」

そんなところが感じることに驚くと同時に、ぷくりと立ち上がったそれを舐めつつ、片方を指先で転がされて、身体の芯《しん》がどうしようもなく疼きだす。期待に、喉が鳴る。

「は……あ」

遠火で炙られるようなじわじわとした快感に、初心《うぶ》な身体はもう蕩《とろ》けだしていた。

「……もう、だいぶ育ってるな。可愛らしい」

「や、ぁっ」

指先で敏感な雄芯を撫でられ、ひときわ大きく虎太郎の全身が震えた。恥ずかしさに膝を閉じようとしても、ハリムはそれを許さない。むしろ、膝を胸につくほど折り曲げさせ、虎太郎の羞恥《しゅうち》を煽《あお》る。

「あ……」

「隠すことはない。欲望は、もっとも正直な本能だぞ？」

見られているだけなのに、そう意識するだけで、虎太郎の雄はすでに硬く膨れあがり、期待に濡《ぬ》れていた。

熟れた果実のようなソレを、ハリムが味わうようにゆっくりと舌で舐めあげる。

「ふ、ぁ、あっ」

初めてそこを他人に舐められる快感に、虎太郎は咄嗟に両手で口を塞《ふさ》ぎ、あられもない声を堪えようとする。けれども。

「ん、……く、ぁ、あ……っ」

感じやすいくびれや先端を舌先で執拗《しつよう》にくすぐられ、否応なしの快感に、腰と尻尾が勝手に揺れてしまう。指の隙間から零《こぼ》れる声は、甘い嬌声以外のなにものでもない。

「気持ちよいか？」

「……ん、……」

思わずというように頷いて、虎太郎はすぐ羞恥にぎゅっと目を瞑《つぶ》った。そうしたところで、ますます感覚は鋭敏になってしまうのに。

「そのようだな。……トロトロで、美味しそうだ」

「……っ、あ、……っ」

根元まで頬張られ、柔らかな口腔《こうこう》に締めつけられる。擬似的な性交にも似た感覚は強烈で、虎太郎は腰を浮かして身悶《みもだ》えるほかない。

「だ……め……、も……、……っ」

下腹部に不自然に力がこもり、太ももが引きつる。限界が近いことは、あきらかだった。

だが、そこで、ハリムは顔をあげてしまう。

「……え？」

お預けになった絶頂に、残念そうな声を虎太郎が漏らした。

「まだ、『待て』だ」

楽しげにハリムは言うと、虎太郎の唇に指で触れた。長く節くれ立った指が、そのまま口のなかに入り込んでくる。

「ん、ん」

混乱したまま、虎太郎は思わずその指に舌を絡め、受け入れていた。

「良い子だ」

目を細めて、ハリムが唾液《だえき》をすくい上げるように指を蠢《うごめ》かせる。二本、三本と、その数を増やしながら。

「……ふ……ぁ……」

たっぷりのキスで前戯を施された口腔は、触れる指先にも感じてしまう。開きっぱなしの唇から唾液が溢れ、細い顎までも濡らしていた。

「もう、いいな」

ハリムの指が引き抜かれる。そして、唾液に濡れた指先が、まだ閉じられた最奥の窄《すぼ》みに触れた。

「少し、我慢だ」

そう言うと、腰が浮くほど虎太郎の足を肩に担ぎ、小さな尻の間に隠れた穴を濡れた指先でほぐしはじめる。くわえて……。

「ハリム、さん、や、……ぁ、っ」

ハリムの舌が、その周辺を這《は》い回る。

自慰の経験は人並みにはあっても、そんなところでの快感は初めてだった。

酒で酔った竹山に、かつて男でもそこは感じると無理やり聞かされてはいたけども……。

「……ぁ、……は……、…っ」

ナカまでも舌を突き入れ、浅くかき回されると、得体の知れない悦楽に腰が跳ねる。虎太郎の反応がいいのを見極めてから、さらにゆっくりと、ハリムは指をナカへと入れていった。

「……ん、…ん、ん……っ」

異物感に肌が粟立《あわだ》ち、ぶるぶると虎太郎は耳と尻尾を震わせる。身体がどうにかなりそうで、絨毯にツメをたてて、必死に堪えていた。

痛みはまだ、それほどない。先ほど、口腔を嬲《なぶ》ったときと同じような指の動きで、ハリムは虎太郎の身体を開いていく。

「は……、……っ」

勢いを弱めた雄も時折愛撫しつつ、体内で蠢く指が、ある箇所を掠《かす》めた。

「え、あ、ッ！」

途端に、虎太郎の声が高くなる。身体の内側から、脳の神経を直接刺激されているような錯覚に囚《とら》われそうなほどに、その快感は激しかった。

「ガミール・ネムルはここが好きなんだな」

「や……ぁ、ん、ッ！」

さらにそこを刺激され続け、指も増やされ、虎太郎は息も絶え絶えに喘《あえ》ぐ。うっすらと目の縁に涙をためている様は、日頃の無表情とのギャップも相まって、ひどく艶《なま》めかしいものだった。

前のモノからは、透明な先走りが溢れ続けている。「いや」と口にしたところで、感じすぎているだけなのは一目瞭然《いちもくりょうぜん》だ。

「も……つ、ら……い……」

けれども、まだ、絶頂には達せていない。あと少しで焦らされる苦しさに、虎太郎が哀願まじりの声をあげる。

頃合いと踏んだのか、ハリムが指を引き抜く。引き留めるように締めつける肉に、微苦笑を漏らし、「すぐに入れてやるから、少し待て」と囁いた。

「ち、が」

そんなつもりはない。けれども、刺激を失った身体のナカが、ソレを欲しがって疼いているのが、自分でもわかった。

身体をうつぶせにされ、膝をつく。腰だけを高く上げたポーズは、ケダモノと同じだ。ねだるように、虎太郎の長い尻尾がハリムの肩に巻きつく。

「いくぞ」

ハリムが短く告げ、しとどに濡れた秘門に、熱いモノが押し当てられた。

「ぁ、………っ！」

太く、硬い雄が体内に押し入ってくる。

鈍い圧迫感に鳥肌がたち、震えながら、同時に……。

「…ん、ぁ、……ッ」

腰を摑んで引き寄せられ、奥、まで。

――貫かれる。

「これで、もう……ひとつだな」

身体のなかに、もうひとつの熱と、脈動がある。ひとつになる、というハリムの言葉が、本当にそうなのだと思った。

今までは、ドラマや小説の、陳腐な言い回しだと馬鹿にしていたのに。

「あ……」

ぐるぐる、と虎太郎の喉が鳴る。それが愛おしいように、ハリムが虎太郎の背中を撫で、そのまま尻尾を撫で上げる。すると、ますます虎太郎は腰を上げて震えた。

「動く、ぞ」

「――ひゃ、ぁ、ッ！」

ずる、とぎりぎりまで引き抜かれ、再び、突き入れられる。ハリムの太いモノのくびれや先端が、そのたびに虎太郎の敏感なナカを小突いていく。

「あ、は、あ、ぁ」

閉じることができない唇から、甘い喘ぎ声が零れ落ちる。ぐるぐると喉が鳴るのが止められない。

こんなのは、初めてで。

「ハリム、さ、ぁ……あ、んッ」

音をたてて腰を使いながら、ハリムは手を伸ばし、虎太郎の雄を掴む。ナカからも外からも激しく責められ、もう限界だった。

「も……イ、く……ぅ、――ッ」

びくびくと全身を痙攣させ、虎太郎が絶頂に達する。勢いよく白い蜜《みつ》が迸《ほとばし》り、絨毯にぱたぱたといくつものシミを作った。

「あ……ふ……」

けれども、余韻に浸る暇を、ハリムは与えなかった。またすぐに、激しく身体を揺さぶられ、あっという間に快楽の海に引きずり戻される。

「ひ、ぁ、あ、ッ」

「まだ、だ。……夜は長い、ぞ？」

「ら、め……イった、ばっか……ぁ、ッ」

敏感になった身体は、もはやどこを触られても反応するようで……。

蕩けた瞳で、虎太郎はもう、自分がなにを口走っているのかもわかっていない。

「や……ひとり、で、イくの、や……ぁ……ッ」

「そうか？　いいんだぞ、何度イっても」

「や……ハリム、さん、も……ぼく、で、……イ、って……」

「……あんまり可愛いことを言うな。本当に、四六時中、抱きたくなる」

「あ、ぁんッ!!」

虎太郎の細腰を掴み、先ほどよりさらに激しく、最奥をハリムが抉る。離すまいと彼を締めつけ、虎太郎は尻尾をくねらせて身悶えた。

「……出す、ぞ……」

掠れ声で、ハリムが呟く。次の、瞬間。

「ん、――ッ」

体内を焼く熱に、虎太郎が声にならない声をあげ、頭のなかが、真っ白になった。

深く息をつきながら、二度、三度と、腰を揺らしながらハリムが虎太郎のナカに白濁を注ぎ込む。それが、どろりと溢れてくるほどに。

はぁはぁと肩で息をつき、脱力した虎太郎から、ハリムが自身を引き抜く。力の抜けた足がずるずると伸び、ぺたりと絨毯に伸びた身体を、仰向けにさせた。

「…………」

まだ、目の前がぼんやりと霞《かすみ》がかかったようだ。するとやおら、ハリムは虎太郎の身体を抱きおこし、向かい合う形で膝の上に抱えた。

「え？　……あ、……ま、た……はい、っちゃ……ぁ……」

「ああ、まだ、だ」

「あ、ぁ、あっ」

ずるん、と……。自重でもって、虎太郎の蕩けた身体はハリムを貪欲《どんよく》に飲み込んでいく。

「このほうが、顔がよく見える」

「や、見ない、で」

「駄目だ。俺のものを、じっくり見てはいけないのか？」

くんっと奥を突き上げながらなじられ、虎太郎は鳴くほかない。

なにより、一度快楽を知った身体が、いやらしく自ら腰を揺らすのを止められなかった。

「いやらしくて、可愛いな。……そんなに、気持ちいいか？」

「……い、い……きもち、い……」

「素直で、良い子だ」

ご褒美、とばかりにハリムの指が虎太郎の乳首を弄《いじ》り、同時に下からも突き上げる。

「ぁ、は…ぁ、んっ」

喉を鳴らし、尻尾を揺らして、虎太郎は乱れる。獣の本能、そのままに。

——虎太郎が意識を失うまで、ハリムは、その身体を離さなかった。

「で。虎太郎ちゃんは、それでもここにいる、と」

「……なにか妙でしょうか」

「まぁ、そこが妙というか、全部が妙っつーか、な」

ぽりぽりと竹山が頭をかいた。


あれから。

大学はもう、夏休みを迎えている。

とはいえ、休みなのは学生だけで、事務員は相変わらずの日常勤務だ。

「しんどいわー。今年の夏は、チョーおアツいからねぇ」

竹山がぼやくのには、ちょっとした裏がある。

あの後、ハリムが大学にやってきて、なにを思ったのか学内のど真ん中に再び簡易ステージを用意すると、高らかに宣言したのだ。

『赤江虎太郎は、ハリム・ビン・ダルヌーク・ビン・ジャファル・アール・カリーファの所有物になった。今後、よからぬ考えでもって彼に近づくものは、私を敵にすると思え』

と。

よからぬ、というのはこの場合、悪意以外に下心も含まれている。

「派手な宣言だったわねぇ」

山里は思い出し笑いで、くつくつと肩を揺らしている。

「すみません。仕事を続けるなら、どうしても交換条件でと言うので」

虎太郎としてもかなり恥ずかしかったが、そういう理由なので仕方がない。

「つーかさー、つまり、あの王子様が今後一切合切面倒みてくれるっつーんだろ？　働く必要なくね？」

「……仕事が、好きなんです」

そう答える虎太郎の口元には、ほんのわずかに笑みが浮かんでいる。そのことに気づいた竹山が、ぽかんと口を開ける。だが、それには虎太郎は気づかないまま、言葉を続ける。

「弟が成人するまでは、ちゃんと僕の義務も果たしたいですしね。その後は……ちょっと、まだ考え中です」

自分がなにをしたいのか、考えたことはなかった。獅央のために、あるいは、できる範囲のなかだけで生きてきたから当然だ。

しばらくは今まで通りの生活で、そのなかで、ゆっくり考えていこうと思っている。

自分が、なにに『挑戦したい』のかを。

獅央は、熱心に大学受験の勉強中だ。今も図書館につめている頃だろう。

ただ、大学を卒業した後は、瀧のもとに弟子入りしたいらしい。

「執事の弟子入りなんて、聞いたことがありませんが」

「見習いならあるでしょ。あなたに勝つなら、あなたから学ぶのが一番早いはずだから」

「それなら、まず大学をきちんと卒業してからですね。あと、私は厳しいですよ」

「そんなこと、知ってる」

「ならば、けっこう」

いつものようににこやかに、瀧はそう返したそうだ。

（まぁ、目標が瀧さんなのは、いいことかな……）

若干の不安はあるが、とりあえず、虎太郎はそう思う。

蟬時雨《せみしぐれ》が響く。建物の影は、長く長く伸びていく。

西の空が赤く染まりはじめた頃、虎太郎は山里と竹山に挨拶をして、仕事場を後にした。

今日の夕食は、いわしかサンマか。

それから……。

「ガミール・ネムル。さぁ、一緒に帰ろうか」

迎えに来たハリムが、白い長衣《カンドゥーラ》と頭巾《クトゥーラ》を翻し、夕日を背にして立っていた。

先ほど、竹山とした会話を思い出す。

『そういえば、虎太郎ちゃん。最近、王子様っての訂正しないね』

『まぁ、そう言えなくもないと思ったので』

もちろん自分は姫ではないけれども。

助け出してくれる人は、いつだって、王子様だから。

「お待たせしました。今日は魚料理ですよ」

「それは楽しみだな。ガミール・ネムルの作る料理は、素朴で新鮮だ」

「そうでしょうね」

そう答えながら、虎太郎は、ハリム《王子様》の差し出した手をとった。

あとがき

はじめまして、あるいはお久しぶりです。ウナミサクラです。

この本をお手にとっていただき、どうもありがとうございます！

少しでも楽しんでいただければ、こんなに嬉しいことはありません。


今回は、『虎』がメインのお話でした。あちらの大富豪の方と、ペットの虎とのツーショット画像がものすごく色っぽくて好みで、思わず妄想したお話です♪

なお、虎太郎と獅央のお父さんの故郷である『五獣界』ですが、詳しいことは拙著「ハレムの王国、はじめ（られ）ました」（イースト・プレス刊）を参照していただけますとありがたいです。宣伝です、すみません。

虎太郎は臆病で屈折したところもありますが、基本的に優しい子で、ハリムはちょっとズレたとこもありますが、やっぱり優しい人なので、二人はこれからも仲良くしてほしいですねー。獅央くんも、頑固で子供ですが、育てばいい男になりそうです。そして、瀧さんは……瀧さんは……こんなに濃いキャラになる予定ではなかったんですけども…（苦笑）。どうしてこうなったか。

脇役では竹山さんも、書いてて楽しかったですねー。カマルは、あんなに良い子なら私が飼いたいです（笑）。

最後になりますが、アイデアの段階から色々と相談にのってくださった担当様。本当にお世話になっております。ありがとうございました。

学生課職員の仕事についてアドバイスをしてくれた友人のYちゃん。助かりました‼

美しく色っぽいイラストを描いてくださった、月之瀬先生。コメントページもオールスター状態で描いていただき、嬉しかったです！　ありがとうございました！

そして、読んでくださった貴方に。心から感謝いたします。

またどこかでお目にかかれますよう。よろしくお願いいたします。

ウナミサクラ

大変楽しく描かせていただきました！
私もカマルをブラッシングしたい・・・！！
カマルをもふりたい・・・！！
何度読んでも顔がほころんでしまいます。
あとがきはみんなを幸せにする虎太郎君の笑顔にしました(^^♪
ウナミサクラ先生、担当様、読者の皆様
ありがとうございました！！
月之瀬まろ

本作品は書き下ろしです。

ラルーナ文庫

この本を読んでのご意見・ご感想・ファンレターなどお待ちしております。〒110-0015 東京都台東区東上野5-13-1 株式会社シーラボ「ラルーナ文庫編集部」気付でお送りください。

大富豪《だいふごう》のペットは猛獣《もうじゅう》らしい。

2016年1月7日　第1刷発行

著　　者｜ウナミサクラ

装丁・DTP｜萩原 七唱

発 行 人｜曺 仁警

発 行 所｜株式会社 シーラボ
〒110-0015　東京都台東区東上野 5-13-1
電話　03-5830-3474／FAX　03-5830-3574
http://lalunabunko.com/

発　　売｜株式会社 三交社
〒110-0016　東京都台東区台東4-20-9　大仙柴田ビル2階
電話　03-5826-4424／FAX　03-5826-4425

印刷・製本｜シナノ書籍印刷株式会社

ISBN976-4-87919-884-6